가지 못한 길

중학생이 쓴 부모님의 인생 이야기

가지 못한 길

초판 1쇄 발행 2014년 5월 26일

지은이 정예진·오수미·오수연·김윤주·윤현영·정예린·한혜진·정원우·천수현·이하림·신주영·손희명

펴낸이 오은지 **펴낸곳** 도서출판 한티재 **등록** 2010년 4월 12일 제2010-000010호
주소 706-821 대구시 수성구 달구벌대로 492길 15 **전화** 053-743-8368 **팩스** 053-743-8367
전자우편 hantijaebook@daum.net **블로그** www.hantibooks.com

ⓒ 정예진·오수미·오수연·김윤주·윤현영·정예린·한혜진·정원우·천수현·이하림·신주영·손희명 2014
ISBN 978-89-97090-32-7 03810
책값은 뒤표지에 있습니다.

이 도서의 국립중앙도서관 출판시도서목록(CIP)은 e-CIP홈페이지(http://www.nl.go.kr/ecip)와
국가자료공동목록시스템(http://www.nl.go.kr/kolisnet)에서 이용하실 수 있습니다.
(CIP제어번호: CIP2014014303)

가지 못한 길

중학생이 쓴
부모님의
인생 이야기

정예진·오수미·오수연·김윤주·윤현영·정예린·한혜진

정원우·천수현·이하림·신주영·손희명

한티재

어린 시절 낡은 앨범 속에서 흑백 사진들을 본 기억이 있습니다. 사진 속에는 젊은 시절의 당신들이 있었습니다. "이건 경주로 신혼여행 가서 찍은 사진이야. 그땐……." 이렇게 시작되는 가난하고 힘들었던 이야기. 어느 사진을 보고 물었습니다. 어머니의 불룩한 배를 가리키며, "이 안에 누가 있어? 신기하네." 항상 '아줌마 파마' 머리의 어머니와 주름살 있는 아버지의 모습은 내가 어릴 적이나 지금이나 늘 같은 모습이었습니다. 하지만 사진 속의 당신들은 더 젊고 더 생기 있는 모습이기에 놀란 기억이 남아 있습니다. 바로 옆에서 같이 밥 먹고, 잠자고 함께 생활하다

보니 점점 늙어가고 있는 당신의 모습을 몰랐습니다. 어느날 발견한 흰머리, 주름살, 수척한 모습이 가슴 아픈 날입니다.

대한민국에서 중학생 아이들을 둔, '엄마, 아빠'라고 불리는 당신들의 이야기를 담고 싶었습니다. 제가 가르치는 아이들도 어린 시절의 저처럼 엄마, 아빠가 항상 변하지 않는 모습이라고 생각하고 있겠지요. 그 아이들은 자신들이 태어나기 전의 세계도 있다는 것을 알고 있을까요?

국어시간에 자서전 쓰기를 한 적이 있습니다. 모두들 어린 시절 자신의 사진과 사연을 알록달록 예쁘게 만들어 왔습니다. 이 세상은 자기들이 태어나는 순간부터 시작이라고 생각하고 있겠지요. 엄마, 아빠……. 이 말만 들어도 느껴지는 아련함을 아직은 모르겠지요.

'책!톡!' 동아리에서 어떤 내용으로 책을 만들까 고민이 되었습니다. 공부와 시험에 지치고, 컴퓨터와 스마트폰에 빠져 있는 아이들을 보며, 부모님의 자서전을 대신 써보기로 했습니다.

　처음에는 "아빠가 얘기를 안 해주세요" 하며 부모님의 자서전 쓰기를 힘들어 하던 아이들이 부모님에게 관심을 가지고 그들의 이야기에 귀 기울여가며 자서전을 완성해 갔습니다. 자신들도 몰랐던 부모님의 이야기를 들으면서 아이들이 변하는 것을 느꼈습니다. "선생님, 저희 아빠가 학교를 중간에 그만두셨대요" 하면서 깜짝 놀라는 아이는, 왜 아빠가 공부나 건강을 중요하게 생각했는지 알 것 같다고 했습니다. 부모님의 삶이 얼마나 치열했는지, 얼마나 소중한 시간이었는지, 귀 기울이고 글로 쓰면서 아이들은 조금 더 성장하고 마음의 깊이도 그만큼 깊어지는 것 같았습니다.

　어려운 가정 형편 속에서도 당신들만의 꿈이 있었다는 것을 처음 알았습니다. 그 꿈을 포기하기도 하고, 가족이라는 소중한 울타리 속에서 또 다른 꿈을 찾고 있기도 하는 엄마와 아빠를 보면서 아이들은 처음으로 부모님에 대해 오래 생각을 해보았습니다. 공부하라는 엄마와 아빠의 잔소리가, 꿈을 가졌지만 다른 길을 걸어야만 했던 당신들이 자식에게는 물려주고 싶지 않은 아픔이라는 걸 아이들은 부모님의 이야기 속에서 느끼게 되었습니다.

'세상에서 가장 사랑하는 내 딸과 아들'로 시작되는 편지를 보며 수줍게 답장하는 아이들의 모습이 떠오릅니다. 사춘기라는 이유로, 공부한다는 핑계로 이제는 '사랑한다' 말 한마디도 하지 않았던 아이들이 용기를 내어 편지를 쓰고 부모님의 이야기에 귀 기울이며 그들의 눈을 바라보았습니다.

힘든 어린 시절, 어쩌면 알리고 싶지 않은 이야기들을 진솔하게 자녀들에게 이야기해주신 부모님께 감사드립니다. 아이들에게는 잊지 못할 글쓰기가 될 것이며, 당신들의 이야기가 아이들이 작가가 되는 첫걸음이 될 것입니다. '책쓰기 프로젝트'를 지원하는 대구시교육청과 용기를 북돋워주고 격려를 해주시는 교장선생님과 교감선생님, 국어과 선생님들께 감사의 마음을 전합니다.

2013년 10월

지도교사 김미선

별을 사랑한 아이

정예진

프롤로그

항상 밝은 웃음과 재치 있는 농담으로 우리 가족을 맞이해주시는 엄마는 어떤 삶을 살았을지 궁금해졌다. 이 글을 쓰게 된 동기도 어쩌면 그 이유 때문이 아니었을지 싶다.

엄마의 어릴 적 이야기를 들려달라고 조르던 나에게 엄마는 여러 이야기를 들려주셨다. 몰래 음식을 훔쳐 먹은 일, 맨손으로 산 다람쥐를 잡은 일 등 소소한 일상 속의 재미는 공부와 성적에만 매달리는 현재와는 사뭇 다른 것 같았다. 엄마의 이야기를 들으면서 스트레스 받는 일, 힘든 일 따위를 잊고 맘껏 웃을 수 있었다. 엄마의 어릴 적 이야기에는 내가 겪어보지 못한 일, 아니 어쩌면 평생 동안 겪어볼 수 없는 일들이 많았다. 엄마가 꼭 나만 했을 때의 이야기를 들으면서 함께 웃고 떠들던 행복한 기억들이 솔솔 떠오른다.

이 이야기가 그 어떤 것보다 내 마음을 조금 더 성숙하게 만든 것 같다. 어쩌면 내가 어려서 이해하지 못한 부분도 있겠지만, 엄마의 어린 시절 이야기를 들으며 둘만의 비밀을 공유한 것 같은 설렘이 내 마음을 움직인다. 오늘은 또 어떤 이야기가 밤하늘에 울려퍼질지 기대가 된다.

저는 별을 동경합니다. 울진의 깊은 산골 마을, 밤마다 울리는 벌레 소리에 마음이 편안했던 그때에 하늘에 총총 빛나는 별들을 보았습니다. 까만 도화지에 크레파스로 찍어 놓은 것처럼 반짝반짝 빛나던 그 별이 그때의 저에게는 얼마나 존경스런 존재였는지……. 별은 제 존경의 대상이자 친구였습니다. 학교에서 친구와 싸운 일, 엄마께 꾸중 들은 일, 사소한 일 하나까지 별에게 다 말하던 저였습니다. 별에 대한 동경심이 깊었던 저에겐 어쩌면 별이란 존재는 꿈이었을지도 모릅니다.

그날, 아버지께서는 읍내에 나가 시장에서 자두를 한 보따리 사오셨습니다. 저희 집은 산골 마을에 있어 시장에 가려면 몇 시간을 가야 했기 때문에 과일 한 번 먹는 일도 쉽지 않았습니다. 특히 자두를 참 좋아했던 저는 맨발로 달려 나와 허겁지겁 먹기 시작했습니다. 새콤달콤한 자두는 정말 꿀맛이었습니다.

그러나 너무 급하게 먹어서 그런지 결국 자두 씨가 목으로 홀라당 넘어가고 말았습니다. 씨를 넘긴 뒤, 서서히 어지럽고 속이 안 좋아지기 시작했습니다. 목에 걸리지는 않은 것 같아 방에서 조금 누워 있으면 괜찮을 거라고 생각한 저는 방에 들어가 괜찮아지길 기대하며 눈을 감았습니다. 하지만 나아지기는커녕 점점 더 어지러워졌습니다. 심지어 머리가 핑핑 도는 것 같았습니다.

"야가 와 이라노?"

어슴푸레, 엄마의 목소리가 들렸습니다.

"정신 차려 봐래이. 괜찮나?"

눈을 뜨는 것이 힘들었고, 마치 많은 사람들 속에 있는 듯 정신이 없었습니다.

"안되겠네. 보건소 델꼬 가야겠다. 고마 업혀라."

저는 엄마에게 업혔는지 몸이 공중에 붕 떴습니다. 엄마는 총총걸음으로 마을을 벗어나 산길로 접어들었습니다. 기억으로는 보건소가 40리 남짓 되는 거리에 있었습니다. 지금으로 따지면 16킬로미터 정도일 것입니다.

"하아……."

엄마의 숨소리가 들려왔습니다. 산길이라 오르막길도 많았고 비포장 도로라 울퉁불퉁해서 그런지 엄마는 많이 지친 것 같았습니다. 저는 점점 정신을 잃어갔고, 금방이라도 쓰러질 것 같았습니다.

"야야! 정신 똑바로 차리래이."

엄마가 내 엉덩이를 두드리며 계속 말했지만 저는 몸이 더 뜨거워지는 것을 느꼈습니다. 그때는 체온계가 없어 몰랐지만 아마 열이 심하게 났나 봅니다.

그때, 제 볼을 때리는 따가운 빗줄기가 느껴졌습니다. 점점 더 세지더니 어느새 나도 엄마도 흠뻑 젖어 있었습니다. 하지만 엄마는 비에 맞는 것을 아는지 모르는지 아무 내색 안 하고 묵묵히 걷기만 했습니다. 이따금 내 엉덩이를 두드리며 의식을 확인하는 것 말고는 아무 말이 없었습니다. 저의 어지러움은 더 심해져 갔고 나중에는 숨이 쉬어지지 않을 정도였습니다. 피가 통하지 않는지 손과 팔은 죽은 사람처럼 까맣게 변하기 시작했습니다.

비는 세차게 퍼붓고 있었고 점점 힘이 빠진 저는 금방이라도 엄마의 등에서 미끄러질 것 같았습니다. 축축한 엄마의 등은 비에 젖었지만 따뜻했습니다.

"엄……마…….."

힘겹게 불렀던 그 한마디는 아직도 또렷이 기억이 납니다. 왜 엄마를 불렀는지는 모르겠지만 꼭 부르고 싶었던 것 같습니다.

엄마의 등에 의지하던 저는 결국 정신을 잃었고, 아침이 되어서야 따스한 햇빛에 깨어났습니다. 저는 어딘지 모르는 낯선 방에 누워 있었고 이마에는 수건이 얹혀 있었습니다. 옆을 돌아보니 이불도 없이 내 손을 살며시 잡고 곤히 자고 있는 엄마의 얼굴이 보였습니다.

"일어났나?"

방문이 열리더니 어떤 할머니가 들어오셨습니다.

"몸은 쫌 괜찮나? 침이 잘 들었는 것 같네."

엄마는 부스스 일어나더니 내 등을 때렸습니다.

"어이구, 이놈의 지지배야! 자두를 뭐 그리 급하게 먹노. 니 때문에 얼마나 혼쭐이 났는 줄 알기나 하나?"

엄마는 보건소가 문이 닫혀 있자, 시장 근처에 민간요법을 잘하시는, 아는 할머니를 찾아간 것입니다. 할머니께서는 침을 놓고 한약을 먹여 저를 낫게 해주셨다고 합니다.

"느그 엄마가 얼마나 급하게 뛰어왔는지 사람 얼굴이 말이 아니더라. 니는 쪼매라도 늦었으면 진짜 큰일 날 뻔했대. 죽을 고비를 넘긴 게야."

엄마는 잔뜩 헝클어진 머리와 축 늘어진 눈을 힘겹게 뜨고 있었습니다.

할머니께서는 기도를 뚫리게 하는 데 효과가 있는 약을 지어 주신다고 혹시 모르니 들고 가보라고 하셨습니다. 저는 안정을 되찾고 밤이 돼서야 집으로 출발을 했습니다.

"니, 다신 자두 먹지 마리. 죽는 줄 알았네."

"피~, 내가 뭘 그렇게 잘못했노."

"아이고, 이 가시나가 진짜……."

저는 대답 대신 엄마 손을 꼭 잡았습니다. 사실 말은 그렇게 했지만 어린 저도 엄마에게 많이 고맙고 미안했나 봅니다.

항상 일만 시키고 화만 내던 엄마를 원망하고 미워했습니다. 다른 친구들은 시장의 맛난 음식 먹고 새 옷을 자랑할 때, 전 땡볕에서 일을 도와야 했고 남이 입던 헌 옷을 물려 입어야 했습니다. 그때마다 엄마가 정말 싫었고 이런 생활이 지겨웠습니다. 하지만 이제야 조금 알 것 같습니다. 시장의 맛있는 음식이나 새 옷보다 더 소중한 것을 말입니다. 거칠거칠한 사포 같은 엄마의 손은 내 마음까지 녹일 정도로 따뜻했습니다.

밤하늘을 보니 별이 맑게 빛나고 있었습니다. 마치 시냇물같이 반짝거리며 깨끗하게 빛나고 있었습니다. 하나하나가 빛날 때마다 저에게 웃어주는 것처럼 기분이 설레었습니다.

사십 년 가까이 지난 지금까지도 엄마 손의 따뜻한 감촉과 그 때 별들의 미소는 잊을 수 없습니다.

에필로그

엄마는 밤하늘을 바라보는 버릇을 가지고 있다. 어쩌면 엄마에게 그 버릇은 추억을 떠올리게 하는 하나의 방법일지도 모른다.

가로등 불빛에 의지해 별빛 한 점 없는 깜깜한 밤거리를 엄마와 걷다가 우연히 이 이야기를 듣게 되었다. 엄마는 이야기를 하며 아주 작은 미소를 지었다. 엄마에게 이 이야기는 소중한 추억으로 간직되고 있을까?

이야기를 듣고 글을 쓰면서 엄마에 대해 조금은 깊이 알 수 있는 시간이 되었다. 지금 우리 엄마는 한 남자의 아내로서, 한 아이의 엄마로서 생활하는 것이 당연한 모습이 되었지만, 엄마의 마음 한구석에는 어리광을 부리는 딸이, 시골 마을의 한 어린 소녀가 살고 있을지도 모르겠다.

이 짧은 글 하나로, 그리고 엄마께 들었던 이야기들로 인해, 엄마에게 부린 투정과 속상해 하시던 표정을 생각하며 반성하는 값진 시간들을 가질 수 있었다. 비록 지금은 예전처럼 반짝반짝 빛나는 별은 없지만, 엄마의 마음속은 그 별보다도 더 빛나고 있다.

사랑하는 나의 딸에게

아기 때 모습이 아직도 눈앞에 아른거리는데, 어느새 이만큼 커서 단발머리 중학생 소녀가 되었구나. 태어나서 지금까지 엄마를 늘 행복하게 해주는 우리 딸이 있어서 엄마는 기쁘단다.

엄마의 어린 시절이 궁금하다며 들려 달라고 조르는 우리 딸 덕분에 엄마는 어릴 적 추억을 떠올리며 행복해할 수 있어 좋았단다. 엄마의 어린 시절 이야기에 재미있다며 깔깔 웃는 모습과 초롱초롱한 너의 눈빛을 보니, 어릴 때의 내 모습이 생각나 잠시 설레는 마음이 들기도 한다.

옛날과 많이 달라진 환경과 문화가 편리하고 좋은 것도 많지만 너무 각박하고 공부에만 묻혀 생활하는 요즈음 아이들을 보며 마음이 아프기도 하단다.

하지만 언제나 할 일을 잘하고 가끔씩 엄마에게 귀여운 투정도 부리는 너의 모습이 엄마는 자랑스럽고 예쁘단다.

최고이기보다는 최선을 다하는 사람, 똑똑하기보다는 지혜로운 사람, 남에게 즐거움과 행복을 주는 사람, 사회에 꼭 필요한 그런 사람이 되어라.

　　사랑한다, 예진아.

엄마께

　엄마는 이따금씩 저에게 "누군가에게 없어서는 안 될 소중한 사람이 되어라" 하고 말씀하시곤 하셨어요. 아주 어렸을 땐 그 말씀이 무슨 뜻인지 잘 몰랐는데 이제야 조금 알 것 같네요.

　엄마의 이야기를 들으며 공부로는 배울 수 없는 것들을 배운 것 같아요. 많이 지치고 힘들 때마다 저를 위로해주시고 항상 응원해주시는 엄마의 마음, 정말 감사합니다.

　삼촌들과 이모들의 말씀을 들어보면 엄마는 속이 깊은 사람이었던 것 같아요. 남의 이야기를 아주 잘 들어주는 그런 사람. 마치 요즘 읽는 책의 주인공인 '모모' 같은 아이였나 봐요. 다른 사람 이야기를 들어주고 헤아려준다고 정작 자신의 상처 받은 마음은 챙기지 못했었을지도 모르겠네요. 그럴 때마다 속마음을 별에게 털어놓았던 엄마의 생각은 조금 특별한 것 같아요.

가끔 엄마 생각을 하며 하늘을 올려다보아도 별은 보이지 않아요. 특별한 날인지 아주 가끔 별이 딱 한 개씩 보이는 날이 있어요. 그럴 때마다 저도 엄마처럼 제 속마음을 털어놓을까요? 항상 저를 위해 주시는 엄마의 소중한 마음을 가장 잘 알면서도 투정을 부리는 제 모습이 한편으론 정말 죄송스러워요.

그리고 엄마가 한 말씀, 꼭 가슴 깊이 새길게요. 훗날 누군가에게 없어서는 안 될, 반드시 필요한 사람이 되도록 노력할게요. 지금 저에게 없어서는 안 될 가장 소중한 사람은 바로 엄마예요.

저는 엄마를 존경합니다.

엄마의 딸, 정예진 올림

촌놈

오수미

프롤로그

나는 어릴 때부터 아빠의 어릴 적 이야기를 많이 듣곤 했다. 그리고 들을 때마다 이야기 속으로 빠진다.

아빠는 시골에서 초등학교 3학년까지 자랐기 때문에 시골에 대한 이야기들을 들을 수 있었다. 또 소 여물, 밭농사, 농기구 등과 같이 도시에서는 흔히 볼 수 없는 것들과 텔레비전, 전기, 라면과 같이 도시에는 흔하지만 시골에는 귀하거나 없었던 것들에 대한 이야기여서 현재의 내 삶과 대조되어 재미있었다. 이 내용들을 책에 담을 것이다.

지금부터 듣기만 해도 재미있었던 아빠의 이야기 속으로 들어가보자.

나는

나는 1968년 7월 26일 경북 영양군 입암면에서 태어났다. 경북 영양군 청기면 일월산 중턱에 조부모님이랑 부모님께서 산을 개간하여 밭을 만들고 집을 지었다. 그곳에서 개, 닭, 염소를 키웠는데 그 당시 새끼들이 많이 죽어서, 어른들은 엄마 뱃속에 있던 나도 잘못될까 봐(옛날에 새끼들이 죽으면 아기도 잘못된다는 미신이 있었다) 엄마 고향인 입암면 산골에 가서 태어나도록 하였다.

엄마는 내 위로 누나 셋을 낳아 구박을 많이 받으셨다. 내가 태어나고 여동생 하나, 남동생 하나를 더 두셨다. 딸 셋을 낳았다고 구박을 받으셨으니 얼마나 힘드셨을까. 가진 것이 없어 온갖 농사를 다 지어가며 우리를 키워주신 부모님, 존경합니다!

원기소

내가 태어나고 얼마 안 되어 여동생이 태어났다. 여동생이 어려 계속 울고 보채니까 나는 엄마의 젖을 많이 못 먹게 되어 허약했다. 그래서 엄마가 나한테만 '원기소'라는 영양제를 사주셨다. 원기소는 고소하고 맛있었다. 그런데 장롱에 넣어 둔 원기소가 조금씩 줄어드는 것 같았다. 누나와 동생들이 원기소가 먹고 싶어 몰래 꺼내 먹었던 것이다. 결국 누나와 동생들은 엄마한테 들켜 많이 맞았다. 그때 일을 생각하면 내가 다른 형제들보다 좀 더 보살핌을 받은 것 같다.

라면과 송구

지금은 마트에 가면 산더미처럼 쌓인 라면. 옛날에는 형편도 어렵고 라면도 귀해서, 라면 한 개에 국수 한 다발을 함께 넣고 끓여서 먹었다. 어머니께서는 나에게 꼬불꼬불한 라면을 몇 가닥이라도 더 퍼주셨고, 누나와 동생들은 그것을 못마땅하게 여겼다. 지금 생각하면 참 우습다. 지금도 라면 한 개에 국수 한 다발을 넣은 그때의 그 라면 맛을 잊을 수가 없다.

옛날에는 시골에 먹을 것이 없어 여름에 소나무 꼭대기 가지에 물이 올랐을 때 겉껍질을 벗겨 안의 속껍질을 씹어 먹었다. 현재의 껌과 비슷하다. 이것을 시골에서는 '송구'라고 불렸다.

내가 다섯 살 때, 세 살인 여동생과 집 앞에서 놀다가 송구를 여동생에게 맛보여주고 싶었다. 그래서 5미터가 넘는 나무의 꼭대기 가지를 꺾기 위해 낫으로 나무 밑을 파서 올라가려고 쳤는데 그만 내 손목을 친 것이다. 처음에는 피도 안 나고 아픈 줄도 몰랐다. 그래서 걸레 같은 천으로 손목을 감았다. 여동생이 배가 고파 울어 동생을 업고 밭에서 일하시는 부모님한테 가는 도중에 마침 부모님이 내려오셨다. 내 손목에서 피가 나는 것을 보고 아버지께서는 나를 때리시고, 어머니는 "다친 손으로 왜 동생을 업고 왔어?" 하며 동생을 한 대 때리셨다.

아버지가 나를 왜 때렸는지 전에는 몰랐는데 지금 내가 부모가 되어 생각해보니 왜 때리셨는지 이해가 된다. 조심하지 않고 다친 자식을 보니 아버지로서 더 마음이 아팠기 때문인 것 같다.

학교 가는 길

마을에는 강이 없지만, 학교에 가는 길에는 큰 강이 있었다. 비가 많이 올 때 강물이 넘치면 학교에 가지 못하기 때문에 그 강 앞에서 물 흐르는 것을 구경하다가 학교에도 못 가고 돌 던지고 놀다가 집으로 돌아가곤 했다.

나는 초등학교 3학년까지 경북 영양군에 있는 학교에 다녔다. 봄에서 가을까지는 괜찮은데, 겨울이 되면 눈이 골반 높이까지 내렸다. 그렇게 눈이 내려도 학교에 가곤 했다. 옛날에 지었던 집은 아직까지도 무너지지 않고 그대로 있다.

눈 쌓인 산길을 걸어 학교에 가는 것은 요즘으로 치면 한라산 정상에 올라가는 기분이 아닐까 생각이 된다. 겨울에 눈이 많이 오면 학교에 가기 싫어서 안 가고 중간에 나무 밑에 앉아 몇 시간을 보냈다. 그 시간이 왜 그리 느리게 흘러가는지……. 춥고 배고파서 떨다가 2시 정도가 되어 집에 돌아와 학교 다녀왔다고 하면 부모님 눈에는 땡땡이 치는 게 다 보였는지 금방 들통이 났다. 많이 꾸지람을 들었지만 지금 생각하면 다 추억이 된다.

전기, 그리고 자동차

내가 살던 시골 마을은 일월산 산중에 있어 전깃불도 안 들어오는 오지 중의 오지였다. 아래 동네에는 전기가 들어와, 프로레슬링 경기를 하면 5리 길을 걸어 내려와 아는 집 마루에서 텔레비전을 시청하곤 했다. 김일 선수의 박치기 하는 모습은 아직도 잊을 수 없다. 그때는 전기 들어오는 집에 살고 텔레비전 있는 것이 소원이었다. 지금 이런 이야기를 하면 우리 사랑하는 수미는 모를 것이다.

그때 마을까지 차도 올라오지도 못하는 동네에 살았지만 학교에 갈 때 차를 보면 왜 그리 신기하고 매연 냄새가 좋았는지. 나이 오십이 다 되어가는 아직까지도 그 냄새랑 비슷한 모기 방역차 냄새가 좋다.

밤하늘의 별

집에서 학교까지는 6킬로미터 이상 되는 산길이었다. 학교 갈때는 계속 내리막길이지만, 수업이 끝나고 집에 올 때는 계속 오르막길이라 힘들었다. 학교에 갈 때는 경사가 가파른 길을 뛰어

내려가다가 넘어지기도 하였다. 지금 우리 아들, 딸이 그런 길로 가겠다고 하면 가지 말라고 말릴 길이지만, 그때는 그게 당연한 일과였다.

학교에 갔다 와서 소죽 끓이고 풀 베어 오고 땔감 자르면 저녁이 되어 공부할 시간도 없거니와 집에 전깃불도 없으니 일찍 잘 수밖에 없었다. 밤에 하늘을 보면 왜 그리 별이 많은지……. 그때 당시 초등학생이었지만 그 밤에 하늘이 참 보기 좋았고 편안했다.

이사

대구로 나오기 전 우리집은 소 두 마리, 염소 서른 마리를 키웠다. 그리고 고추 농사를 잘 지어 그때 당시에 고추 한 근 값이 만오천 원까지 올라간 적이 있다. 35년 전에 만오천 원이면 지금으로 말하면 백오십만 원도 넘는 가격이다. 그렇게 농사 잘 지어 대구로 이사를 오게 되었다.

대구로 이사는 왔지만 공부 방식을 모르고 가르쳐주는 사람도 없고 해서 내 성적은 반에서 중간을 왔다 갔다 했다.

돌아가신 아버지

신암초등학교를 나오고 청구중학교 3학년의 어느 점심시간, 아버지께서 교통사고를 당했다고 집에서 전화가 왔다. 예감이 안 좋았는데 결국 아버지께서 말씀 한 번 못 하시고 돌아가셨다. 그때 그 충격으로 우리집은 어머니를 포함해 3년 동안 웃음이 없는 그런 집이 되었다. 왜냐하면 어머니가 너무 마음 아파하시고 우리들도 마음이 아팠기 때문이다.

이제 내가 우리집의 가장이 되다 보니 대학에 갈 형편이 안 되어 대구상고에 진학했다. 졸업 후 취업을 해 회사에 조금 다니다가 군에 가기 위해 퇴사했다.

군 생활을 하다

친구랑 공수특전하사관을 지원했다. 친구는 떨어지고 나만 합격을 해서 4년 6개월이란 긴 시간 동안 군 생활을 했다. 남들은 가지 않는 그 먼 길을 나는 갔다. 어느 부대나 다 힘들겠지만 우리 부대는 육·해·공을 왔다 갔다 하면서 진짜 힘든 시간을 보냈다.

강도 없는 일월산 중턱에서 컸던 내가 군대에 가서 해상 훈련이라고 하는데, 바다에 일단 넣어 놓고 수영을 배웠으니까 얼마나 많이 교육을 받았겠는가? 아찔하다.

또 낙하산을 타고 내려오다가 발등이 부러져서 군화를 벗으니 발등이 눈에 보이게 부어올라 있었다. 다시 신으려고 하니 발이 너무 많이 부어서 신을 수가 없었다. 부대에 와서 의무대에 가니 발등뼈가 몇 개 부러졌으니까 의무대에 입실하라고 했다. 그때 입실을 하면 나의 차수는 뒤로 밀려 동기들이 선임이 되기 때문에 죽어도 동기들이랑 제대하겠다고 의무 대장한테 버티니 어쩔 수 없이 그렇게 하라고 했다. 공수 교육을 마치고 특수병 교육을 받았는데 절뚝거리며 8주 동안의 교육을 다 이수했다. 뼈가 그때 즈음 다 붙고 멍이 한 달 반 만에 빠졌다. 참 힘들었다.

그때 그 모습을 본 교관들이 후임 차수를 가르칠 때 선배 중에 그런 근성을 가진 선배가 있었다며 후배들의 정신교육을 시키는 교육 대상으로 삼았다고 한다. 그 이야기를 어떻게 알게 되었냐 하면, 부대 배치를 받고 중사를 달고 있을 때였다. 신병들이 들어와 여러 이야기를 하다가 선배 중에 진짜 그런 선배가 있었냐고 물었던 것이다. 그때 "그게 나야" 하고 대답하며 참 뿌듯했다.

행복한 가정을 이루다

군 생활을 끝내고 사회에 나와 조그마한 가게를 해서 돈을 조금 벌었다. 또 지금의 아내를 만나 결혼을 해서 사랑하는 우리 딸을 낳고 화목하게 살고 있다. 이후 우리 아들도 낳고 남부럽지 않은 가정을 이루어 잘 살아가고 있으니, 지금까지의 나의 인생은 성공한 인생이 아닐까 생각이 된다. 내 생각만 아니라 아내 생각도 그러니 말이다. 나는 참 행복한 놈이지 싶다.

에필로그

이 글을 쓰면서 아빠의 삶을 들을 수 있었고, 평소에 이야기를 안 해주시던 할아버지 이야기도 들을 수 있었다. 아빠의 자서전이기 때문에 아빠의 생각도 잘 알 수 있었다.

잘생긴 우리 아빠가 경북 영양군에서 태어났다는 것을 알게 되었다. 아빠의 이야기를 들으며 나도 '원기소'와 '송구'라는 것을 먹고 싶다는 생각이 들었다. 라면에 국수를 넣어 먹었다는 것이 지금 생각하면 정말 상상도 안된다. 엄마도 그렇게 먹었다고 하는데 그게 그렇게 맛있었다고 한다.

나는 증조할아버지와 할아버지가 지으신 집과 아빠가 다녔던 학교도 구경했다. 옛날에 지었던 집인데 아직까지도 무너지지 않고 그대로 있었다. 엄청 좁아 보였다. 영양에는 눈이 많이 왔다는데, 대구에는 눈이 많이 쌓이지 않는다. 그만큼 눈을 보고 싶다.

아빠의 어린 시절 이야기를 들으며 전기가 들어오고 텔레비전도 볼 수 있는 환경에 대해 그동안 느끼지 못한 감사함을 느꼈다. 또 아빠의 군 생활을 듣고 재미있었지만 '아빠가 얼마나 힘드셨을까'하는 생각이 들었다. 너무 잘생긴 영정 사진 속의 할아버지도 몹시 보고 싶었다.

요즘 하늘을 보면 옛날에 그 많던 별들이 지금은 다 어디로 갔는지 모르겠다. 다시 한 번 아빠와 함께 밤하늘의 아름다운 별들을 보고 싶다.

수미야.

아빠가 어릴 땐 모든 것이 부족하고 힘든 시절이었어. 육남매 티격태격 많이 다투면서 살았지. 그때가 그리워지는 것을 보니 아빠도 나이가 들어가는 것 같구나.

사랑하는 우리 공주 수미야. 항상 바른 길로 가려고 노력하고, 수미가 나중에 나이가 들었을 때 '자랑스러운 인생이었다' 할 수 있는 그런 삶을 살았으면 한다. 아빠 역시도 수미의 자랑스러운 인생을 옆에서 지켜보고 싶구나.

아기 때는 잘 모르겠지만 이제부터는 자기 사고를 체계화해서 한 단계 한 단계 설계를 이루어 나갔으면 해. 앞만 보고 달리라는 뜻은 아니야. 옆도 보고 뒤도 돌아볼 수 있는 여유로운 사람이 되었으면 해.

항상 건강하고 조심하고, 선생님 말씀 잘 듣고 학창 시절 때 친구들도 많이 사귀고, 알았지?

아빠는 수미를 믿어. 사랑해.

아빠가

To. 아빠

항상 내 이야기를 들어주고 공감해주는 우리 아빠, 고마워!

아빠 말대로 자랑스러운 인생을 살도록 노력할게. 내가 공부를 엄청 잘하는 건 아니지만 누구보다도 열심히 할 거야. 선생님이 되어서 아빠 어깨가 펴지도록 할게. 내 공부 방법에 대해 좋게 생각하고 내가 하고자 하는 것도 시켜줘서 고마워. 내가 힘들 때 옆에서 다독여준 것도 고마워. 고마운 게 너무 많아!

이번에 책을 통해서 대화도 더 나누고 아빠의 옛날 이야기를 들어서 재미있었어. 다음에도 이런 기회가 있으면 좋겠어! 처음에 책 쓴다고 했을 때 흔쾌히 이야기해줘서 고마워.

사랑해.

From. 수미

꿈을 접고 다시 날다

오수연

아버지는 이따금씩 유년 시절의 이야기 보따리를 풀어서 언니와 나, 그리고 어머니에게 들려주신다. 내가 어릴 때는 이해를 잘 하지 못하는 것도 많았던지라 어려운 이야기는 제대로 알지 못하고 넘어가는 부분이 많았다. 물론 재미있고 유쾌한 가족사도 있지만 힘들고 어려운 가족사도 있었다. 아버지는 혼을 내실 때도, 훈계를 하실 때도 자신의 가슴 아팠던 옛이야기를 꺼내시곤 하신다.

어릴 때 아버지가 줄곧 말씀하셨던 유도 이야기, 밴드 이야기 등을 조금 더 크니 이해할 수 있었다. 앞으로 아버지에 대하여 좀 더 많이 알고 이해하고 싶다는 생각이다.

유도와의 첫 만남

어릴 때부터 다른 친구와 달리 유난히 병약하고 잔병치레도 많았던 나는 일곱 살 무렵, 안면신경마비(와사증)라는 병마와 싸우기 시작했다.

초등학교 저학년 때에는 아무렇지 않은 듯 학교 생활을 하였으나 고학년으로 올라갈수록 나도 모르는 열등감이 생겼고, 다른 사람 앞에 나서는 것을 무척 두려워하였다. 학교 공부도 곧잘 하였으나 친구들과 다른 나에 대해 생각하게 되면서 성적도 떨어지고 불량한 친구들과 어울리게 되었다.

그런 나를 항상 지켜보시던 아버지께서 하루는 당신과 어디 좀 갔다 오자 하셔서 버스를 타고 산격동에 있는 실내체육관에 도착하였다. 그곳에는 유도, 태권도, 펜싱, 레슬링, 검도 등 여러 가지 운동을 할 수 있는 체육관이 있었다. 아버지께서는 내게 구경하면서 한번 하고 싶은 운동이 있는지 살펴보라고 하셨지만, 나는 아무 생각 없이 구경만 하다가 아버지께서 사 주시는 짜장면을 먹고 그냥 집으로 돌아왔다. 그날 저녁 잠자리에 들기 전, 아버지께서 물으셨다.

"한이야, 아까 본 운동 중에 하고 싶은 게 있더냐?"

"저 내일까지 생각을 해봐야 되겠는데요. 근데 제가 운동을 꼭 해야 하나요?"

"니가 요즘 공부에 집중을 못 하는 것 같으니 정신수양 겸 한 가지 운동을 한번 해봐라."

고민 끝에 다음날 다시 나 혼자 버스를 타고 체육관에 가보았다. 다른 체육관을 한 번씩 자세히 보고 마지막에 유도장 문을 열고 들어가니, 어린 나이이지만 체육관 전체에 퍼지는 땀 냄새와 유도복이 마음에 들었다. 아버지께 말씀드렸다.

"저, 유도 한번 해보겠습니다."

아버지께 도복 살 돈과 회비를 받아서 등록을 하였다. 나중에 안 얘기지만 당시 우리집 형편이 어려워 아버지는 지인한테 빌려서 그 돈을 마련하셨다고 한다. 이것이 유도와의 첫 만남이 되었다.

유도에 몰두하며 얻은 자신감

체육관에 등록을 하고 하루도 안 빠지며 열심히 운동을 하였다. 날이 갈수록 운동이 좋고, 운동신경도 좋아지는 것을 느끼면서 그동안 내게 있던 열등감과 자괴감이 사라지게 되었다. 나도 모르게 자신감 넘치는 성격으로 바뀌어 친구들 사이에서 인기도 생겼다. 고등학교에 진학하여 응원단과 밴드 활동도 하고 유도 대회에서 여러 번 입상하였다.

그 당시 유명한 안병근 선수와 같이 운동도 하고 배우는 좋은 기회를 갖게 되어 너무 좋았다. 용인유도대학에 갈 수 있는 기회도 주어지고 나름 행복한 날들을 보내게 되었다.

그때의 자신감은 중년이 된 지금도 가끔 생각이 날 만큼 나에게는 큰 희망을 품는 계기가 되었다. 그리고 운동을 할 수 있도록 배려해주신 아버지께도 항상 감사한 마음을 가지고 있었다.

좌절과 사회 생활의 시작

지금은 돌아가셨지만 대학 진학을 앞두고 아버지를 제일 미워한 것 같다. 내가 유도대학에 진학을 준비하며 전국대회에서 입상했을 때 아버지께선 누구보다 기뻐하시며 칭찬을 해주셨다.
그러나 대학 원서를 쓰려던 시기에 아버지께서 조용히 큰방으로
나를 부르시더니,

"네게 미안한 얘기를 해야겠구나. 우리 형편에 유도대학 진학
은 너무 무리인 거 같으니, 잠시 꿈을 접고 다음 기회에 진학하는
게 어떻겠니?"

그 말을 듣는 순간 하늘이 무너지는 것 같았다. 무엇보다 아버
지에 대한 원망이 앞설 수밖에 없었다. 다른 친구들은 유도대학
원서를 내려 용인에 다 올라가고 텅 빈 체육관에 나 혼자 있으니
눈물도 나고 서러운 마음이 밀물처럼 밀려 왔다. 그래서 안 하던
술도 마시고 담배도 피우고 나 자신을 학대하는 시간을 보냈다.

그런 내 모습을 지켜보시던 관장님이, 새로 준공한 두류유도
관(안병근유도관)에 친구가 관장으로 있는데, 다시 시작하는 기분
으로 거기서 사범 생활을 해보면 어떻겠냐고 권유하셨다. 그래
서 마음을 다잡고 다시 체육관으로 돌아와 사회 생활을 처음 시
작하게 되었다.

꿈을 접고 다시 날다

처음 하는 사범 생활에 어느 정도 적응도 하면서, 나름대로의 꿈을 하나 가지게 되었다. 열심히 관원들을 가르쳐 나의 체육관을 하나 갖는 것이다. 그래서 사회체육지도자 자격증도 따고 하나하나 준비를 하기 시작했다.

다시 열심히 운동도 하고 술, 담배도 끊어버리고 착실히 생활하고 있던 어느 날 집에 들르니(이때는 체육관에서 숙식을 해결하다 가끔씩 집에 오고는 했다) 형편이 너무 좋지 않아 쌀이 떨어질 정도로 궁핍한 생활을 하고 있었다. 그걸 본 후 다시 현실을 생각하게 되었다. 돈을 먼저 벌어야겠다는 생각을 하게 된 것이다. 당시에는 사범 월급이 요즘 교통비 정도밖에 되지 않아 집에 보탬이 전혀 되지 않는 상황이었다.

그래서 체육관을 나와, 당시 건설 쪽에 일이 많고 돈도 괜찮다고 하길래 친구 소개로 설계사무소에 임시직으로 취직했다. 뭐든지 열심히 하는 편이라 금세 일도 배우고 야간대학도 다니고 하여 나름대로 집에 도움이 되었다. 그리고 소원했던 아버지와의 관계도 많이 좋아졌다.

지금 생각하니 나는 유도를 하면서 느꼈던 그 자신감을 계속 유지하며 살아왔다. 그 자신감을 품었던, 가슴 두근거리는 기분은 뭐라고 표현은 못 하지만, 누가 뭐라 해도 나에겐 큰 힘이 되어 살아가는 원동력이 되고 있다. 그리고 예나 지금이나 항상 감사하며 살려고 하고 있다.

에필로그

나는 이때까지 살면서 길진 않았지만 아버지의 이야기를 많이 들었다고 생
각했고, 아버지에 대한 것은 뭐든지 안다고 생각했다. 그런데 아버지의 이
야기를 듣고 글을 쓰다 보니 아버지에 대해 몰랐던 것을 많이 알게 되었
다. 아버지에 대해 모르는 부분도 있다는 것을 알고는 나 자신에게 조금은
실망스러웠다. 하지만 아버지의 모르는 부분을 알게 되어 기쁜 마음이 더
많다.

사랑하는 나의 딸 수연이에게

수연이에게 편지 쓰는 게 아마 처음이라 생각된다. 항상 곁에 있기에 가끔 그 소중함을 잊어버리는 나의 소중하고 세상에서 가장 이쁜 우리 딸 수연아.

세상은 나 혼자 산다는 생각을 가지게 되는 나이가 지금 네 나이인 것 같다. 하지만 항상 주변 사람들을 생각하고 다른 사람들을 사랑하는 마음을 가지길 바란다.

요즘 수연이가 전학하고 이사하고 주변 환경이 바뀌어 조금 당황하는 부분이 있을 것이라 생각한다. 물론 여러 가지 어려운 점이 있더라도 우리 수연이는 잘 헤쳐나갈 거라 아빠가 믿는 거 알지.

지금이야 우리 모두가 힘들고 어렵게 살고 있지만, 수연이가 먼 훗날 지금을 생각하며 웃을 수 있는 멋진 사람으로 성장하리라는 것을 아빠는 믿어 의심치 않는다.

네가 요즘 사춘기라 그런지 조금 까칠하고 혼자 있는 시간이 좀 많다는 생각이 든다. 그리고 언니나 엄마를 대할 때 많이 짜증을 내는 것 같더라. 아빠도 조금 화가 나지만 이해하며 지켜보고 있는 거 알지? 지금 이 과도기가 지나면 너도 조금 더 성숙한 사람이 될 거야.

　지금보다 더 나은 사람이 되길 바라며,

　아빠의 어색한 편지 끝.

아버지께

아버지, 저는 아버지가 살아오신 이야기를 해주신다는 것이 기쁘고 재미있었어요. 뭔가 가족끼리 대화가 통한다는 것이 그저 좋았거든요.

어릴 땐 재미있는 이야기를 많이 들려주셨잖아요. 그리고 아주 가끔씩은 약간 슬픈 이야기도요. 어릴 때는 뜻을 몰라서 머릿속에 물음표가 가득했어요. 하지만 크니까 의미를 알겠더라고요. 어찌 보면 아버지도 어린 시절 고민도 많이 하는 지금의 저와 다름없는 과정을 겪은 학생이었는데⋯⋯. 만약 지금 측량기사가 아닌 유도의 길을 택했다면 아버지는 행복했을까요? 그게 가장 궁금해요.

앞으론 고민거리나 힘든 일 있을 때 아버지께 상담할게요. 아버지도 힘든 일 있으시면 혼자 끙끙거리지 마시고 가족에게 이야기해주세요.

수연이가

아빠는 '긍정 바이러스'

김윤주

아빠의 자서전을 쓰게 될 것이라고는 생각조차 하지 못했다. 아빠의 어린 시절 이야기를 늘 듣기만 해서 글로 표현하기가 힘들 것 같았다. 하지만 글쓰기 동아리에서 아빠의 자서전을 써보니 느낌이 새로웠다. 내가 알지 못했던 아빠의 모습이 나와 닮아 보이는 것에 신기하기도 했다. 아빠의 자서전을 쓰게 되어 매우 긴장되고 들뜬 기분이 들었다.

1968년 8월 김천시에서 아빠가 태어나셨다. 지금의 나에게는 까마득한 먼 옛날 같은 '1968년'이고, 많이 변해버린 김천이지만, 추억이 담긴 그 시절 속의 아빠의 이야기를 써보려고 한다.

어린 나무꾼

오늘도 어김없이 어린 나무꾼 동만이는 자신의 등을 다 덮는 지게를 메고 산을 타고 있다. 열두 살이라고는 믿지 못할 만큼 세 형들보다 앞장 서서 걷고 있었다.

"만아~, 동만아! 천천히 가라. 형 힘들다!"

큰형의 목소리가 산에 울려퍼지자 그제서야 동만이는 뒤로 홱 돌아봤다.

"얼른 안 오면 나부터 나무 벤다."

그러더니 다시 걸어가는 동만이였다. 형들은 저렇게 열심히 나무를 찾는 그를 어리둥절하게 쳐다본다.

"우와!"

묵묵히 산 속으로 걷기만 하던 동만이가 갑자기 탄성을 질렀다. 뒤따라가던 형들도 동만이의 시선을 좇았고, 그곳에는 3미터도 넘는 나무가 자리 잡고 있었다.

"동만아, 설마……. 저 나무를 베게?"

형들은 혹시나 하는 마음에 손사래를 쳤다.

"안 돼! 너보다 몇 배나 큰 나무는 위험해!"

그러자 동만이는 고개를 흔들며 말을 한다.

"아니. 아니. 저어기 나무 뒤편에……."

동만이가 가리킨 곳에는 통통한 토끼 한 마리가 풀을 뜯고 있었다.

"쉬잇! 잠깐만."

동만이는 지게를 조심스레 내려 놓고 주머니에 넣어둔 작은 새총을 꺼냈다. 그러고는 돌을 찾더니 '피융!' 토끼를 향해 쐈다. 하지만 아직 힘이 약한 어린아이가 던진 돌에 토끼는 한 번 비틀하더니 금세 도망가버리고 말았다. 울상이 된 동만이는 지게를 메고 산으로 먼저 올라가버린다. 형들은 슬쩍 웃으며 어린 동생에게 다가갔다.

"에이~, 저런 거는 나중에 잡아도 돼."

"그래, 그래. 형아도 나중에 잡는 거 도와줄게."

"그러니깐 기분 풀어."

"그래도……. 아부지랑 엄마한테 토끼 주려고 했단 말이야."

동만이가 사는 산골짜기에서는 먹을 것이 부족하면 가끔 사냥을 하여 장에 내다 팔고 먹을 때도 있었다. 먹을 것이 부족해서 그런지 식량에 대해 민감했던 동만이는 토끼를 부모님께 잡아드리려고 한 것이다.

조용한 숲 속에서 각기 다른 도끼 찍는 소리가 들린다.

"쿵덕쿵덕."

책에서나 봤을 법한 도끼를 들고 나무를 찧는 어린 동만이다. 형들보다는 작은 나무지만 땀을 뻘뻘 흘리며 찧고 있었다.

*

이때 아빠는 그냥 나무하는 것이 좋았다고 한다.

내가 "에?" 하고 놀란 표정을 지었지만 아빠는 씨익 웃으며 자신만의 '나무하는 노하우'도 말씀하신다. 옛날을 회상하듯 장난스럽게 몸소 보여주신다. 그냥 해보는 장난이 아닌 듯했다. 그때 어린 아빠의 모습이 슬쩍 보인 건 내 착각인 것이었을까?

*

해 질 무렵,

"빨리 가자. 늦겠다."

큰형의 말을 끝으로 어린 나무꾼은 지게 한가득 나무를 싣고 흙길을 걸어 내려온다. 형들의 말이 위로가 되었는지 아까의 시무룩함은 싹 가신 듯했다. 세 형제가 걸어 들어오자 저녁 준비를 마친 어머니가 나오신다. 아버지도 힐끔 보시더니 마당으로 나오신다. 평소 과묵하신 아버지는 막내아들의 지게를 대신 메고 들어가셨다.

"아버지! 오늘은 무슨 일이 있었는 줄 아세요? 글쎄……."

둘째 형은 아버지 뒤를 따라가며 조잘조잘 말한다. 그런 모습이 익숙한지 아버지도 끄덕이신다. 아버지는 평소 무뚝뚝하시고 표현을 잘 안 하신다. 어머니는 아버지의 뒷모습을 보시더니 동만이의 머리를 쓰다듬어주셨다. 아마 얼굴에 흙을 묻힌 어린 소년을 칭찬해주셨을 것이다.

꼴 베는 손

"음메~, 음메~."

동만이가 나오자 반가운 듯 세 마리의 소가 울었다. 제 밥을 구하러 가는 줄 아는 모양이다. 한 손에 망태기와 낫을 들고 찌푸린 얼굴을 한 동만이는 반가워 보이지 않았지만…….

마당 밖까지 나가자 반가운 얼굴이 동만이를 향해 두 손을 흔들고 뛰어왔다.

"어이, 동만아. 소 꼴 베러 가냐?"

"그래, 같이 가줄라고?"

"아……, 아아니. 담에 놀자고."

"짜식, 나도 놀러 가고 싶은데……."

옆집 친구가 놀러 왔지만 소 꼴 벤다는 동만이를 두고 가버린다. 실망하는 빛이 동만이의 눈에 어렸지만 이내 결심한 듯 큰소리를 외치고 뒷산으로 뛰었다.

"소들아, 기다려라~. 내가 너거들을 살린다아!"

*

바쁜 부모님의 일손을 도와 소 꼴 베기는 대부분 아이들 차지였다고 한다. 거의 모든 집에서 소를 기르다 보니 풀 자리 찾기도 어렵고, 소가 잘 먹는 풀을 찾다 보면 다른 집에서 이미 베어간 경우가 많았다.

소 꼴을 찾는 것, 베는 것은 힘든 일이었다고 아빠가 말씀하셨다. 다소 날카롭고 질긴 풀을 낫으로 베다 보면 손을 풀에 베이기

일쑤였고, 꼴을 다 베고 내려오면 옷은 풀로 만든 갑옷으로 변한다고 했다. 그리고 무엇보다도 열다섯 나이는 친구들과 어울려 놀고 싶은 나이였다고 한다. 그래서 지금 내가 놀고 싶어하는 것도 이해하신다고 한다.

*

"아!"

소 꼴을 얼른 베고 놀자는 마음으로 동만이는 금세 망태기의 반을 채웠다. 하지만 너무 빨리 베어버린 탓일까, 손에는 상처가 벌써 여럿이 나 있었다. 이미 옷에도 여기저기 풀들이 달라붙어 있었다.

"굳은살 배기겠다."

대수롭지 않게 훌훌 말하고는 마지막 남은 풀을 모두 베어버리고 망태기를 들어올렸다. 놀기에는 늦은 시간이었지만, 망태기를 보고 씨익 웃어버리는 동만이었다. 오늘따라 작은 숲 속의 흙길을 걸어가는 동만이의 뒷모습이 망태기와 함께 어우러져 어깨가 들썩거렸다.

*

"엄마가 왜 아빠랑 결혼한 줄 알아?"

엄마는 가끔 웃으며 말씀하셨다. 결혼을 하게 된 이유 중 하나가 아빠의 굳은살 박힌 큰 손 때문이라고 하신다. 이해할 수가 없었다. 예쁘고 하얀 손을 생각한 나였지만, 아빠의 손 때문이라니…….

"왜? 엄마는 왜 아빠의 손을 보고 결혼한 건데?"

"엄마는 항상 들에서 열심히 일하시는 부모님을 보고 생각했었어. 네 말처럼 예쁜 손도 좋겠지만 일을 과묵하게 잘 하는 사람을 만나야겠다고 결심했지."

아마 엄마는 그 증표를 손이라고 생각했고 그 증표의 답이 아빠의 손이었다. 지금도 엄마는 아빠의 얼굴도 좋지만 손이 가장 마음에 든다고 하신다.

기술자의 꿈

"히야~, 이제 고2다. 고2!"

동만이 옆에 있던 국이가 깍지를 끼고 책상에 엎드리며 말했다.

"여기 입학한 것이 어제 아레께 같은데 시간 참 빠르다."

동만이는 문득 이 학교 오기 전의 자신을 생각했다.

'이렇게 기술을 배우고 있다는 것은 좋은 거야.'

그리고 중3 때의 모습을 그려냈다.

"아버지 저 기술고등학교에 가고 싶어요."

"갑자기 왜? 그냥 여기 시골에서 조용하게 농사나 짓고 살아라."

아버지는 동만이에게 그냥 평범한 시골 청년처럼 농사 짓고 사는 것을 원하셨다.

"그래도 힘 좋게 사는 것도 좋지만 저도 한 가지 기술을 배우고 싶어요."

동만이는 아버지의 말씀처럼 농사 지으면서 살고도 싶었지만 기술을 배워서 빨리 사회에서 취직하고픈 마음이 더 컸다.

"그래."

아버지의 허락이 떨어지자 공업고를 갈 수가 있었다.

*

그 시절에는 시골에서 그냥 농사 지으며 살아가려고 하는 사람이 많았지만, 아빠는 기술을 하나쯤 배워 빨리 취직하기를 원했다.

그렇게 해서 대구로 올라와 고등학교를 다니고, 1987년에 졸

업하였다. 1989년도에는 군대에서 제대하셨고, 바로 지금 회사
에 입사하실 수 있었다.

운명적 만남

　1997년 4월 19일, 아빠와 엄마는 이모와 이모부의 소개로 커
피숍에서 처음 만나게 되었다. 아빠는 약속된 시간으로부터 30
분이나 늦게 오셨다. 엄마는 기다리다가 '매너가 없는 사람이구
나' 생각하고 조용히 일어나셨다. 공중전화기로 가서 전화를 걸
려는 순간! 반대편에서 아빠가 손을 흔들며 뛰어오셨다고 한다.
엄마는 그래도 한번 만나보는 것이 예의라고 생각하셨고, 찻집
에서 이야기를 나누게 되었다.

　이야기를 나누다 보니 엄마는 아빠의 과묵한 모습을 보게 되
었고, 한마디 한마디가 진심이 담겨 있는 것 같았다고 했다. 결정
적으로 '아빠의 손'도 큰 역할을 했다고 한다. 지금 보니 그때 아
빠가 일부로 늦으셔서 반전을 만들려고 한 것 같다고 장난스럽
게 말씀하시곤 한다.

　두 분은 자동차 드라이브를 즐기며 여행을 많이 다녔다고 하

셨다. 섬진강, 강원도, 부산 해운대도 가셨다고 한다.

빠질 수 없는 프로포즈! 사실 아빠의 프로포즈는 웃음이 나면서도 유머러스했다. 물이 깊을수록 맑다는 말이 맞는가 싶었다. 아빠는 강물 가까이로 갔고,

"가까이 가지 마요. 위험하니깐."

엄마는 그런 모습에 걱정을 하셨다. 아빠는 씨익 웃으며 뒤돌아봤다.

"결혼 안 해주시면 여기서 빠질 건데요."

엄마는 그런 아빠의 유머러스한 말에 피식 웃었고 아빠는 멋쩍은 듯 올라오셨다. 프로포즈 같지 않은 첫 번째 프로포즈였다. 반지를 주고받은 건 갈대가 흔들리는 풀밭에 앉아서였고, 일 년 연애 끝에 결혼을 하셨다고 한다. 그리고 일 년 후 내가 태어났고 다시 사 년 후 우리 동생이 태어났다.

긍정 바이러스

아빠는 '긍정 바이러스'이다. 아무리 회사에서 힘든 일이 있다 해도 현관문을 여는 순간 웃으신다. 사실 나는 그런 것도 모르

고 짜증만 내왔다. 지금 생각해보면 무척이나 죄송하다.

아빠는 지금까지 열심히 살아온 것처럼 앞으로도 늘 한결같이 노력할 것이라고 말씀하셨다. 아빠는 지금의 아빠 삶에 만족하시지만, 어릴 때 하지 못했던 공부에 대해서만큼은 나와 동생에게 거는 기대가 크신 듯하다.

이렇게 아빠와 우리 가족의 행복은 현재진행형이다.

에필로그

사실 나는 나만 학교 가기가 싫고, 나만 힘든 것 같고, 나만 모든 짐을 진 것만 같을 때가 많았다. 하지만 아빠의 자서전을 대신 쓰면서 느꼈다. 나보다 더 힘들 때가 있었고 혼나서 속상할 때도 있었던 아빠가 나를 이해해주려고 하시던 모습이 떠올라 가슴이 먹먹했다.

나는 이렇게 직접 부모님의 자서전을 쓰면 많이 오글거릴 것이라고 생각했다. 하지만 나의 마음을 이렇게 자서전으로나마 표현할 수 있어서 오히려 좋았다.

큰딸에게

2.7킬로그램의 작고 여리던 아기가 여드름 때문에 하루에도 몇 번씩 거울 앞에서 세상 근심 다 짊어진 얼굴로 서 있는 모습을 볼 때마다 세월의 빠름과, 벌써 우리 딸이 외모에도 신경 쓰는 나이가 되었나 하는 신기함에 놀라곤 한단다.

고맙다.

건강하게 자라줘서,

학교 생활 잘 해줘서,

아빠, 엄마 웃게 해줘서,

아빠 딸로 태어나주어서,

고맙고 고맙다.

요즘 회사일로 예전처럼 너랑 시간을 보내진 못하지만, 항상 너를 많이 걱정하고 신경 쓰고 있다는 것 알아주렴.

그리고 아빠는 언제나 너의 편이라는 거 알지?

사랑한다, 윤주야.

아빠가

To. 아빠

늘 웃으며 장난만 치는 아빠가 사실 진지함이 있긴 있을
까 하고 생각할 때가 많았어. 그리고 회사일이 바쁘다는 것
도 알고 힘들 때도 종종 있을 것이라는 것도 알아. 생각 안
해주는 척하면서 제일 생각해주는 것도 알고, 사소한 것 하
나 하나 걱정하는 것도 알아.

항상 그런 아빠 마음 모른 척해서 미안하고, 내가 표현 잘
못하는 거 알지? 그러니깐 너무 서운해 하지 마!

한자 시간에

"樹欲靜而風不止하고 子欲養而親不待라"

하는 말을 배웠어.

"나무는 고요하고자 하나 바람은 그치지 않고, 자식은 봉
양하고자 하나 어버이는 기다려 주지 않는다."

사실 이것을 보고 슬펐어. 지금 내가 돈을 벌어서 좋은 집
을 사줄 수 있는 것도 아니고, 커서 훌륭하게 되지 않을 수도

있는데, 아빠와 엄마가 나를 위해 일방적으로 희생하는 것

같아서 슬펐어.

　내가 큰 후면 아빠와 엄마는 정말 꼬부랑 할아버지, 할머

니가 되어 있을 텐데 말이야. 늘 이렇게 화목하게 살았으면

좋겠어. 우리 가족 파이팅!

From. 윤주

겨울바람

윤현영

프롤로그

저희 어머니는 불의를 못 참으십니다. "잘못된 것은 올바르게 고쳐야 한다"는 것이 어머니의 생각입니다. 어머니는 저희를 키우시는 데 힘든 점이 많으셨습니다. 저희 때문에 많이 숨죽여 우시기도 하고, 저희에게 소리 지를 것도 참으시다가 장이 뒤틀려서 응급실에 실려 가신 적도 있습니다. 그때 저와 언니, 동생은 많이 울었습니다. 그땐 저희가 어머니를 힘들게 했다는 생각은 못 하고 '어머니가 아프시다'는 생각만으로 울었습니다. 지금은 '어머니께서 얼마나 스트레스를 많이 받으셨으면 응급실까지 가셨을까?' 하는 생각을 많이 합니다. 그런 어머니의 웃음 속 슬픔으로 들어가서 당신의 얘기를 해보려고 합니다.

겨울바람

유난히 그해의 겨울바람은 차디 차고 매서웠습니다. 낙엽이 날아다니고 눈이 와서 빙판길이 된 도로에는 사람들이 잘 다니지도 않았습니다. 꽁꽁 얼어붙은 땅을 묵묵히 걸어오신 저희 어머니는 오늘도 도시락통을 나르십니다. 머리부터 무릎까지 오는 패딩을 입으시고 항상 피곤이 가득했던 어머니의 눈은 9년이 지난 지금도 생생히 기억이 납니다.

아버지는 승진 시험 준비를 열심히 하셨습니다. 그런 탓에 어머니는 매 끼니마다 도시락을 독서실로 나르셔야 했습니다. 아버지는 이제 승진 시험이 보름밖에 남지 않았던 상황이었습니다. 어머니도 분주해지시고 아버지는 더욱더 공부에 집중하셨습니다.

그때 저는 감기에 걸리고 말았습니다. 보통 감기가 아닌 심한 감기였나 봅니다. 열이 40도까지 올라가 정신이 몽롱하고 숨 쉬기도 어려웠다고 들었습니다. 여러 병원에서 진찰을 받고 약을 지어서 먹어보았지만 효과가 없었습니다. 머리가 지끈지끈 아프고 속이 메스꺼워 말을 제대로 못 했습니다. 결국엔 입원을 해야 될 상황까지 이르렀습니다.

하지만 제가 입원을 하게 되면 어린 남동생은 어머니와 병원에 드나들며 같이 자면 되지만, 언니는 집에 혼자 있어야 하기 때문에 저는 입원을 할 수 없었습니다. 또 아버지의 승진 시험이 코앞이라 어머니가 계속 병원에 계실 수도 없는 상황이었습니다. 그래서 부모님은 저를 선뜻 입원 시키자는 말을 하지 못하셨습니다.

어머니는 자식이 아파하는 모습을 보고 많이 우셨다고 합니다. 부모이지만 어떻게 할 수가 없어 가슴만 졸이고 있으셨습니다. 그렇게 이틀 후, 어머니의 마음이 조금이라도 전해졌는지 열이 서서히 내리기 시작했습니다. 그때 나지막이 한 말을 아직도 기억합니다.

"엄……마……."

이 말을 한 뒤, 어머니께 미안함과 고마움이 솟아올랐습니다.

어머니의 얼굴을 자세히 쳐다보았습니다. 어머니는 제가 걱정이 되어 밤에 한숨도 못 잔 날이 많아 눈에는 피곤이 가득하셨습니다. 하지만 상냥한 목소리로 말하셨습니다.

"응. 현영아, 일어났니?"

"응……."

아직 눈이 잘 안 떠지지만 어슴푸레 어머니의 형상이 보였습니다.

"휴……."

어머니의 한숨은 유독 길었습니다. 어머니의 눈은 걱정과 근심이 가득했습니다. 어머니의 그런 얼굴을 보기 싫어 재빨리 화제를 돌렸습니다. 어머니가 왜 근심스러운 얼굴로 한숨을 길게 내쉬었는지 느꼈기 때문에 따로 묻지 않았습니다. 어머니는 다시 나를 보면서 걱정스런 눈초리로 말씀하셨습니다.

"이제 몸 좀 가볍나?"

몸이 천근만근 무거웠던 어제와 달리 지금은 훨씬 가벼움을 느꼈습니다. 그래서 가볍게 고개를 끄덕였습니다. 열이 내렸는지 확인하기 위해 내 이마에 대고 계시는 어머니의 손을 살그머니 만졌습니다. 물에 자주 담가서 그런지 습진이 생기고 까슬까

슬했지만, 저에겐 그 어떤 손보다도 우리 어머니의 손이 가장 아름답다고 생각했습니다. 비록 고맙다는 말 한마디도 못 했지만 저는 누구보다 어머니가 존경스럽고 감사했습니다. 그 밤은 새벽이 되어도 불이 꺼질 줄 몰랐습니다.

그리고 빠르게 한 달이 지나갔습니다. 기다리던 기쁜 소식 하나가 현관문을 두드렸습니다.

"와아! 정말 축하드려요!"

"저는 아버지 승진할 줄 알았다니깐요!"

"아자! 대애박~!"

웃음과 온갖 행복의 말들이 우리집을 맴돌았습니다. 아버지는 3년간의 고독한 공부를 다 잊으시고 펄쩍 뛰면서 기쁜 소식을 알리셨습니다.

그 이후로도 행복한 나날이 계속되었습니다. 제가 아팠던 날, 겨울바람은 유독 차가웠습니다. 하지만 지금은 언제 그랬냐는 듯 향긋하고 알싸한 봄바람이 우리집 현관문을 타고 들어오고 있습니다. 9년이 지난 지금도 어머니의 마음과 까슬한 손을 기억하고 있습니다.

새로운 일에 도전하는 용기

우리집에는 가훈이 두 가지가 있습니다, 첫째는 '하기 싫은 일도 행동으로 하는 사람이 되자', 둘째는 '새로운 일에 도전할 때 용기를 내자' 입니다. 그 중 두 번째에 해당하는 이야기를 해 볼까 합니다.

어머니가 어렸을 때 공기가 맑고 별이 반짝이는 시골에 살았습니다. 그때 할아버지는 수박 농사를 지으셨습니다. 아침에는 할머니가, 저녁에는 셋째 외삼촌이 원두막에서 수박을 지키셨습니다. 시골은 아침에는 햇빛이 반짝이고 시끌하지만, 밤에는 너무 조용하고 캄캄하여 무서워서 문짝 앞에 나가지도 못했다고 합니다.

그러던 어느 날, 캄캄한 밤에 수박을 지키고 있는 셋째 외삼촌에게 저녁밥을 가져다주라는 할아버지의 말씀에 어머니는 산으로 밥 배달을 가게 되었습니다. 그날 저녁엔 〈전설의 고향〉의 '천년 묵은 구미호 이야기'를 보고 가서 더욱더 공포감을 느꼈다고 합니다. 그때 수박밭은 산에 둘러싸여 있었습니다. 그리고 수박밭에 가려면 산소를 세 개 이상을 지나야 된다고 하였습니다. 그런 탓인지 쉽사리 산에 들어가지 못했습니다.

왼손에는 저녁밥을, 오른손에는 물주전자와 손전등을 들고 어렵게 출발하였습니다. 초등학교 2학년 걸음으로 산의 오솔길을 걷는데 머릿속에는 온통 구미호 생각만 났습니다. 아직 여름이라 어머니보다 키가 큰, 억센 갈대는 '사그라 사그락' 소리를 내며 어머니를 위협하였습니다. 잡초들은 무성하여 바람에 흩날리는 소리가 컸습니다. 별로 덥지 않은 날씨였지만 등에는 식은땀이 흘렀습니다. 어머니는 숨을 헉헉대며 울상을 지으며 걸어갔습니다. 너무 무서워 무심결에 하늘을 보았는데 위에는 제멋대로 가지를 뻗은 소나무가 거대한 손을 뻗으며 어머니를 위협했습니다.

산소를 지나치고 수박밭에 도착하였습니다. 머리는 헝클어지고 눈에는 눈물이 글썽거리고 있으며 땀이 범벅이었습니다. 주전자의 물은 반이 없어져 있었고 반찬, 국, 밥은 이리저리 섞여서 거의 비빔밥 수준이었습니다. 고등학교 2학년이었던 외삼촌은

"이 문디 가스나야. 이기 밥이가? 돼지죽이가?

"오빠야, 너무 그라지 마라. 내 산속 걸어오다가 고마 죽을 뻔했데이."

"고마, 알았다."

어머니는 외삼촌이 그 비빔밥을 먹던 모습이 생각난다고 합니다. 어머니는 초등학교 2학년이었지만 그때 그 기억은 잊을 수가 없다면서 저희 집 가훈을 '새로운 일에 도전할 때 용기를 내자'라고 만들었습니다.

이런 비슷한 이야기가 저에게도 있습니다. 초등학교 2학년 때, 이가 아파서 어머니와 함께 치과에 자주 갔습니다. 주로 잇몸과 어금니가 아팠는데, 치과 가기가 싫어서 참고 벼르다가 결국엔 갔습니다. 꽤 큰 병원이었는데, 차례를 기다리면서 보았던 병원의 포스터가 아직도 기억이 납니다.

차례가 다가오면 다가올수록 심장 박동수는 빨라지고 땀이 흘렀습니다. 가까스로 진찰대에 가서 누으면 입을 벌리라고 했던 의사 선생님의 말씀이 아직도 생생하게 들립니다. 입을 벌리면 의사 선생님께서 치료하는 소리가 들리면서 눈에는 눈물이 나오고, 입을 닫고 싶지만 그럴 수 없었습니다.

"어, 현영아……. 조금만 참아. 이제 곧 끝난다."

"이제…… 아픈 거 다 끝났네."

그때 어머니는 항상 힘 있게 제 손을 잡아주었습니다. 어머니도 보고 있는 것이 고통스러웠다고 합니다. 진료를 받느라 등에는 땀이 줄줄 흘렀고 눈은 충혈되었습니다.

지금도 이가 아프면 치과를 한번씩 가는데 그때마다 어머니는 제 손을 꼭 잡아주며 용기를 주는 말씀을 하십니다. 그러면 용기가 나서 끝까지 치료를 받을 수 있습니다.

어머니께선 어렸을 때 그렇게 힘든 일을 겪고 나니 그 뒤에 아무리 어려운 일이 있어도 그 일을 생각하면서 뭐든지 해낼 수 있었다고 말씀하십니다. 그때 저도 치과에서 꿋꿋이 치료받은 일을 생각하며 아무리 힘든 일이 있더라도 용기를 내리라 굳게 다짐했습니다.

에필로그

어머니는 힘들고 고통스러운 일을 꿋꿋이 견디시며 살아오셨습니다. 하지만 지금 어머니께서는 자신을 위한 삶이 아닌 우리를 위한 삶을 사시는 것 같아 죄송합니다. 떼 쓰고 심술 부리는 것을 다 이해해주시는 어머니의 마음엔 큰 돌덩어리가 들어 있는 것 같습니다. 이 돌덩어리를 옮길 생각은 하지 않고 계속 쌓기만 하는 제가 가끔씩 밉기도 합니다.

항상 밝게 웃으며 장난도 치시는 어머니가 친구 같은 날이 많습니다. 저는 어머니에게 너무나도 많은 걸 바라고 있습니다. 우리 가족 한 사람 한 사람이 어머니께 무언가를 요구하면 어머니는 혼자 네 명의 요구를 들어주셔야 한다고 생각합니다. 어머니는 우리집의 큰 기둥이자 소중한 사람이니 우리가 많이 배려하고 생각하면 지금처럼 행복하고 웃음이 가득한 가정이 지속될 수 있다고 생각합니다.

세상에서 가장 소중한 엄마의 보물

현영이에게

우리 현영이가 오늘도 졸린 눈을 비비며 책상 앞에 앉아서 묵묵히 공부 농사를 짓는 모습이 애처롭고 때론 힘겨워 보이는 날이 많단다. 다른 아이들보다 덜 야단스러워서 좋고, 더 마음이 깊어 무한히 사랑스럽다. 늘 부모님을 위하는 마음, 가슴에 품고 살아줘서 고맙고, 바르고 고운 모습으로 자라줘서 어머니는 그 또한 감사한다.

현영아, 늘 네 꿈을 향해 지치지 말고 나아가렴!

우리집 가훈처럼 '하기 싫은 일도 행동으로 하는 사람이 되자'를 늘 가슴에 새기자. 그리고 우리가 그리는 미래의 큰 그림을 위하여 스스로 노력하고 희망의 연필을 놓지 않는 끈기 있는 딸이 되어 주리라 믿는다.

'사랑한다'는 말로 다 표현할 수 없을 만큼 사랑하고, 이보다 더 아름다운 언어가 없기에, 소박한 어머니의 마음을

이 글에 담아 네게 보낸다.

현영아! 언제나 용기를 만들어낼 수 있는 멋진 현영이가

되자!

엄마, 아빠의 예쁜 딸 최고다!

사랑하는 어머니께

안녕하세요. 어머니, 저 현영이예요.

요즈음 제가 어머니께 너무 어리광을 많이 부리고 시험 기간인데 공부도 안 해서 많이 속상하시죠? 죄송합니다. 어머니께서는 항상 괜찮다면서 웃으시는데, 저는 어머니께서 늘 웃으시는 것을 매우 존경스럽게 생각합니다.

힘든 환경, 또는 짜증 나는 일에도 항상 긍정적으로 생각하고 웃으면서 어려운 일을 헤쳐나가는 어머니의 모습이 매우 존경스럽고, 배워야 할 점이라고 생각합니다. 항상 생각하는 것이지만, 저희에게 엄격한 행동과 말투로 하셔도 되는데 친구 같은 행동과 애교 섞인 말투로 웃음을 선사해주시는 어머니께 감사합니다.

어머니 자신보다 우리 먼저, 가족 먼저 생각해주시고 행동하시는 것이 항상 감사하지만, 죄송스러운 마음이 듭니다. 너무 많이 가족을 배려하셔서 병에 걸리시고 우시는 것 같아저의 마음도 항상 먹먹합니다.

　지금은 어머니께 도움을 많이 받지만, 나중에 아주 가까운 미래에는 제가 어머니께 도움을 드리고 걱정보단 기쁨을 드리려고 노력하겠습니다. 많이 부족하고 언니보다는 한참 뒤떨어지지만, 항상 노력하고 나 자신을 너무 관대하게 생각하지 않는, 어머니의 훌륭한 둘째 딸이 되겠습니다.

　어머니, 항상 감사드리고 사랑합니다!

가지 못한 길

정예린

프롤로그

부모님의 자서전을 써보자는 선생님의 말씀을 듣자 순간 생각이 막혀버렸다. 내가 부모님의 자서전을 쓰게 되리라고는 전혀 생각도 못 했고, 부모님 중 누구의 자서전을 쓸 것이며 또 어떻게 써야 할지도 잘 모르기 때문이었다. 심사숙고 끝에 아버지의 자서전을 쓰기로 했다.

내 자서전도 써보지 못했는데 아버지의 자서전을 내가 잘 쓸 수 있을까 걱정이 되기도 하였다. 갑작스레 쓰게 되어 부족한 점이 많겠지만 최대한 노력을 해볼 것이다.

평소에 조금씩 들은 이야기가 있었지만 더 자세한 내용을 담기 위해 아버지께 옛날 이야기를 해주실 수 있냐고 여쭈어보았다. 처음에는 쓸 게 어디 있냐면서 그다지 반기시는 눈치는 아니었지만, 내가 무조건 써야 된다고 하자 결국 이야기를 해주셨다. 아버지의 어린 시절, 그리고 젊은 시절에 겪은 일들을 하나하나 들으면서 많은 생각을 하였고 아버지와 많은 대화도 나누었다.

소년의 실수

"어릴 때 어떤 아저씨가 집에 왔는데 돈을 가져가는 거야. 나는 그 아저씨가 빌려준 돈을 다시 가져가는 건지, 우리한테서 돈을 빌려가는 건지도 모르면서, 그냥 돈을 가져간다는 것 자체가 마음에 들지 않았어. 그래서 그 당시에는 지폐였던 5백 원을 아무도 몰래 빼왔지. 나는 잘한 건지 잘못한 건지도 모르고 어린 마음에 그 돈을 자랑스럽게 엄마한테 보여줬어. 칭찬을 받을 줄 알았는데 오히려 혼쭐이 났지 뭐야. 그 돈을 왜 가져왔냐면서 말이야. 그때 너무 혼나서 아직까지도 기억하고 있어."

"아버지가 잘못하신 것은 맞는데 그래도 꽤나 억울하셨을 것 같은데요?"

"그땐 하도 어려서 우리집에 있던 돈을 가져가는 그 낯선 아저씨가 나쁜 사람처럼 느껴질 뿐이었지. 내가 쓰려고 빼왔다면 네

할머니한테 보여드렸겠니?"

　아버지로서는 조금 억울했을 것 같다. 왜냐하면 아버지 자신이 쓰기 위해 가져온 것이 아니었기 때문이다. 만약 그랬다면 할머니께 보여드리지 않았을 것이다. 서로간에 오해가 생겨서 일어난 일인 것 같다. 아버지에게도 이런 일이 있었다는 것이 신기하기도 하고, 그런 행동을 했다는 점이 귀엽기도 하다.

산골의 어린 시절

　아버지는 초등학교 때부터의 이야기를 해주셨다.

　"학교에 가는 것부터가 정말 피곤한 일이었어. 비가 오나 눈이 오나 산길을 넘어 학교를 가야 했지. 비가 오는 날이면 비에 흠뻑 젖어 질퍼덕거리는 산길을 지나 학교에 도착하면 주룩주룩 내리는 비처럼 땀이 온몸에 흘러내렸지. 그에 비하면 넌 정말 축복 받은 거야."

　학교를 가야 한다는 사실만으로도 힘든데 아침부터 산을 올라야 한다니 정말 최악이었을 것 같다. 학교에 도착하면 땀범벅일 텐데 공부에 집중할 수 있었을까 궁금하다. 또 비가 오면 우산을 쓰고 다녀야 할 텐데, 먼 길을 게다가 산길에서 우산을 쓰고 다닌다는 것은 정말 피곤한 일이다.

우리집에서 우리 학교까지는 20분쯤 걸린다. 초등학교를 다닐 때는 학교가 바로 코앞이라 매일 준비를 늦게 했는데, 지금은 늦을세라 재빨리 준비를 한다. 그러고 보니 아버지는 엄청 일찍 일어나셔야 했을 듯하다.

"그럼 일찍 일어나셔야 했겠네요?"

"8시 반까지 등교해야 하니 일찍 일어나야 했지. 6시쯤 일어났을걸?"

내가 평소에 학교가 멀어서 걸어다니기 힘들다고 불평을 했는데, 이제는 그러면 안 될 것 같다. 이젠 불평하지 않을 것이다.

"학교 마치고 집에 오면 뭐 하셨어요?"

"학교에 갔다 오자마자 하는 일은 소죽을 끓이고 소꼴을 베는 일이었어. 친구들이랑 같이 가서 친구들은 자기네 소를 보고 나는 내 소를 보기도 했었고, 책을 들고 가서 독서를 하기도 했지. 어느 날은 텔레비전이 너무 보고 싶어서 소를 위에 묶어 두고 나는 내려와서 텔레비전을 보면서, 소가 딴 데 가지 않고 그 자리에 잘 있는지 확인하곤 했었지."

부모님이 통제하지 않는 이상 텔레비전을 마음대로 볼 수 있는 지금과 비교하면 아버지는 정말 대단했던 것 같다. 요즘 아이들은 그런 일을 할 필요도 없겠지만, 만약 하라고 한다면 절대 그렇게 하지 않을 것 같다.

성적은 변덕쟁이

갑자기 궁금한 점이 생겼다. 예전부터 아버지는 어릴 때 공부를 잘했다고 하셨다. 그런데 학교에 갔다 오자마자 일을 하면 공부할 시간이 없었을 텐데 어떻게 좋은 성적을 받을 수 있었는지 말이다.

"집에 오면 일한다고 시간이 없었을 텐데, 어떻게 항상 1등을 유지할 수 있었어요?"

"그건 말이야. 반에 나랑 성적이 비슷한 여학생이 있었어. 성적이 비슷하니까 라이벌이 될 수밖에 없었지. 걔 때문에 공부를 더 열심히 하게 된 거 같아."

역시 라이벌이 있어야 공부가 더 잘 되나 보다. 잘 된다기보다는 공부할 이유라든가 승부욕이 생기기 때문에 더 열심히 하게 된다. 나도 그걸 알기에 공감이 되었다. 아버지가 이어 말씀하셨다.

"초등학생 때는 멋도 모르고 그냥 공부하다가 중학교에 입학하고 나니 공부를 잘하는 아이들이 더 많이 모이다 보니까 성적이 떨어졌어. 형들한테 야단을 맞으면서 공부를 했지. 그러다가 점차 공부를 해야 하는 이유를 알게 되더라고. 중학생이 되어서는 초등학생 때와는 다르게 새벽까지 밤을 새면서 공부를 했고, 친구랑 같이 공부하면서 잠이 들면 서로 깨워주기도 했지. 그렇게 공부를 하다가 중학교 3학년 1학기 때 전교 1등을 했어. 1학기 중간고사와 기말고사 때 딱 두 번 1등을 해보고, 그 후로는 한 적이 없어."

나는 성적을 올리지 못한다면 유지라도 해야 한다는 압박감이 아주 조금 들 뿐이지, 부모님이 억지로 공부를 시키지도 않으셔서 공부에 대한 스트레스를 많이 받지 않는다. 아버지처럼 밤을 새면서까지 공부를 하지도 않는다. 그래서 전교 1등을 한 적이 없는 걸까.

"아무도 나한테 공부를 하란 소리를 하지 않았어. 누군가 그렇게 말해 주었다면 더 열심히 했을 텐데."

공부를 하라고 잔소리하는 누군가가 있어서 공부를 더 열심히 한다면 그건 거짓말인 것 같다. 요즘 아이들은 그렇지 않기 때문이다. 정반대이다. 공부를 하라고 해도 하지 않는다.

나는 최근에 공부를 해야겠다는 생각을 하게 되어 공부를 전보다 더 열심히 하고 있는데, 언젠가 아버지처럼 전교 1등이라는 자리에 한 번이라도 오를 수 있을지 걱정부터 앞선다. 아버지 딸이니까 할 수 있을 거라 믿어본다.

되돌릴 수 없는 선택

"그리고 안동에서 나와 대구로 와서 심인고등학교에 입학했어. 작은 면 소재지 길안에서 훨씬 넓은 대구로 오니 공부를 잘하는 아이들도 많았어. 나는 그저 흔히 말하는 '우물 안 개구리'였지. 그래서 또다시 성적이 떨어지기 시작했어. 그렇게 일 년이 흐르고 2학년이 되니 학교와 선생님 모두가 시시해져 혼자 공부를 하는 게 더 효율적이라 싶어서 자퇴를 했어."

나는 꿈에도 몰랐다. 아버지가 고등학교를 자퇴했다는 것을. 의외였다. 성적이 떨어지니 공부할 의욕이 없어진 걸까?

"검정고시가 많이 어렵지는 않았어. 학력고사가 문제였지."

나는 학력고사라는 것을 들어본 적이 없었다.

"학력고사가 뭐에요?"

"학력고사는 지금의 수능이랑 같은 거야. 그땐 학력고사라고 불렀어. 평소에도 공부를 하긴 했지만 학력고사를 치기 100일 전에 처음 가본 독서실에서 본격적으로 정말 열심히 공부했어. 근데 100일 공부한다고 달라지는 게 있겠냐."

"에이, 100일 전이면 너무 늦게 시작한 거죠."

내가 생각해도 너무 늦은 것 같았다.

"학력고사 치기 전에 공부를 하면서 자퇴한 걸 처음으로 후회했어."

그때 자퇴를 하지 않았더라면 지금은 어떤 삶을 살고 계실까.

일하며 공부하며

"근데 학력고사가 끝나니까 결과가 어떻든 간에 해방감 때문이랄까 되게 즐거웠어. 그 후로는 영남대학교 영문과에 들어가서 공부를 시작했지. 그때까지는 형이랑 자취방에서 살다가 대학생이 되어서는 누나 가게 안에 있던 방에서 생활했어. 내가 고등학교 다닐 때부터 누나가 반찬도 해주고 고생을 많이 해서 아직까지도 고맙고 미안해."

가족 간의 사랑이 넘치는 것 같았다. 일을 하면서 아버지를 챙겨주신 고모가 대단하신 것 같다.

"누나가 일하지 않는 일요일마다 일을 해서 돈을 조금씩 벌기 시작했어. 그렇게 돈을 벌어 경대 후문에 처음으로 피시방을 열었지. 처음에는 잘되다가 옆에 다른 피시방들이 많이 들어서기 시작하니까 손님들이 모두 새 피시방으로 가는 거야. 그렇게 2년을 일하다가 일을 그만두고 경대 북문에서 형이 일하던 인쇄소에서 같이 일을 했어."

공부하랴, 일하면서 돈 벌랴, 정말 힘들었을 것 같다.

"대학교를 졸업하고는 건강이 안 좋아서 테니스를 치기 시작했어. 아직까지 치고 있으니 26년이 된 셈이지. 나는 테니스가 정말 좋아."

맞다. 아버지는 테니스를 사랑하신다. 테니스를 싫어하는 나한테까지도 테니스를 시키신다. 아버지의 꿈이 나랑 테니스를 치는 것이라고 하신다. 작지만 아주 의미 있는 꿈인 것 같다. 나에게는 아무것도 아니지만 아버지한테는 소중한 꿈일 테니 같이 칠 수 있는 날이 오도록 열심히 연습할 것이다.

손님에서 연인으로

"경대 북문에서 형과 함께 일을 계속 했는데, 어느 날 어떤 손님이 들어왔어. 조카의 여권 사진을 스캔하려고 온 손님이었는데, 그 손님이 바로 네 엄마야. 이렇게 될 줄은 꿈에도 몰랐지. 몇 차례 만나면서 서로를 더 잘 알게 되었고, 둘 사이에 점점 사랑이 싹튼 거지."

정말 신기했다. 어떻게 손님 사이에서 연인 사이로 발전했는지 말이다. 그게 가능하구나 하고 생각했다.

"우린 결혼을 하기로 했고, 네 엄마는 조카 유학 때문에 남아프리카공화국에서 한 달 동안 지냈어. 우리는 떨어져 지내는 동안 매일 연락을 주고받았지. 단지 불편했던 점은 남아공이 낮일 때 한국은 밤이고, 한국이 낮일 때 남아공은 밤이라 시차 때문에 항상 밤에 전화를 해야 한다는 거였어. 피곤했지만 전화할 때만큼은 기분이 좋았지. 편지도 주고받았어. 그렇게 긴 한 달이 지나고 네 엄마가 한국에 온 뒤에 결혼을 했지. 결혼을 하고 보니 체력이 장난 아니게 바닥인 거야. 밤에 그렇게 자고도 낮잠을 계속 자는 거야. 어떻게 그만큼 잘 수 있는지 신기하더라고. 그래서 하기 싫어하는 운동도 억지로 시키고, 주말마다 산에도 가서 조금씩 체력 관리를 해나갔지."

아버지는 건강을 정말 중요하게 생각하신다. 그래서 아버지가 얼마나 답답했는지 알 것 같기도 했다.

"너를 낳고 몇 년 뒤에 형 가게에서 나와 내 가게를 차렸어. 거기가 바로 지금 일하고 있는 가게야. 엄마 덕분에 내 건강도 많이 좋아졌지. 네 엄마한테 제일 고마워."

애교 많은 아빠와 행복한 우리집

다른 친구들 얘기를 들어보면 우리집은 다른 집에 비해서 부녀관계가 가까운 것 같다. 아버지가 나를 편하게 해주셔서 그럴 것이다. 아버지가 애교도 많으시고 가끔은 썰렁한 농담도 하지만 웃기는 농담도 자주 던지신다. 그렇다고 항상 밝으신 것은 아니다. 가끔씩 엄격할 때도 있다. 아버지는 한번 화가 나면 풀어드리기가 하늘에 별 따기지만, 기분이 좋을 때만큼은 우리집 분위기 메이커이다. 내가 화가 났을 때나 화가 나지 않았을 때에도 나를 "도러(daughter)~" 하고 해맑게 부르신다. 그래서 아버지가 날 부를 때마다 기분이 좋아지곤 한다. 부모님 역시 내가 애교를 부렸으면 하신다. 조금씩 노력은 하고 있지만 나에겐 결코 쉬운 일이 아닌 것 같다.

애교가 철철 흐르는 아버지에 비해 나와 엄마는 무뚝뚝한 편에 속한다. 엄마는 많이 엄격하시다. 솔직히 몇 년 전까지만 해도 엄마가 집에 왔다는 것을 알려주는 차 소리가 들리면 본능적으로 심장이 콩닥콩닥 빨리 뛰기 시작했다. 그러고는 후다닥 책상에 앉아 공부하는 척을 했다.

아마도 그때는 내가 집에 있었을 때 공부를 하지 않고 딴 짓을 하고 있어서 그랬던 것 같다. 지금은 스마트폰이 아닌 휴대폰으로 바꿔서 집에서 열심히 공부 중이다. 초등학생 때에는 부모님 방에서 몰래 텔레비전을 보다가 아버지한테 딱 걸려 손바닥을 맞았던 기억이 난다. 그 후로는 집에서 절대 텔레비전을 보지 않았다.

한 가지 의문이 들 것이다. 컴퓨터가 있지 않느냐고. 물론 집에 컴퓨터가 있긴 하다. 그리고 컴퓨터는 나만 쓴다. 하지만 우리집 컴퓨터는 놀기 위한 컴퓨터가 아닌, 학습하기 위한 컴퓨터이다. 예전에는 인터넷 강의를 들을 때마다 나도 모르게 강의를 일시정지해 놓고는 커서를 움직여 인터넷 서핑이나 채팅을 하고 있었던 적이 많았다.

반면에 지금은 놀고 싶은 마음이 별로 없다. 왜인지는 나도 잘 모르겠지만 시간이 내게 준 깨달음이랄까. 시간이 지나면서 이러면 안 된다는 것을, 그리고 전혀 도움이 되지 않는다는 것을 자각하게 되었다.

나는 아버지를 많이 닮았다. 얼굴도 닮았고 성격도 닮았다. 보는 사람들마다

"아빠랑 똑 닮았네."

"아빠랑 붕어빵이네, 붕어빵."

하는 반응을 보인다. 내가 봤을 때는 별로 닮은 것 같지도 않은데 말이다. 어릴 때부터 하도 많이 들어서 예전보다는 덜하지만 아버지를 닮았다는 말에 흐뭇하기도 하다.

우리 가족은 예전엔 주말마다 산에 가서 운동을 하기도 하고 드라이브도 했는데 요새는 모두가 바빠서 다 같이 어디 가기가

어려워졌다. 다시 예전으로 돌아가고 싶다. 그게 쉬운 일이 아니

라는 걸 알지만⋯⋯.

글을 쓰는 일은 정말 힘든 일인 것 같다. 처음으로 이렇게 긴 글을 쓰면서 작가는 얼마나 힘들까 하는 생각을 해보았다. 어렸을 석 꿈이 작가였는데 그때는 막연히 아무렇게나 글을 쓰면 된다고 생각했던 것 같다. 이 글은 작가로서 쓴 글은 아니지만, 실제 작가는 훨씬 더 힘들 것 같다.

학교 갔다가 운동하고 과외를 하고 나면 평일에는 시간이 없을뿐더러 다른 숙제하기도 바쁜데, 아버지가 해주시는 이야기도 들어야 하고 자서전까지 쓰려고 하니 마음이 정말 급하고 머리가 복잡했다.

어떻게 보면 자서전이 쓰기 싫어서 하는 핑계일 수도 있다. 조금씩 미루다 보니 기한이 다 되어가고 점점 다가오는 불안감에 하나하나 쓰기 시작했다. 결국에는 이렇게 끝을 냈지만 다음부터는 어떤 일이든 절대 미루지 않고 제때 해야겠다고 생각했다.

글을 쓰는 것이 힘들긴 하지만 쓰고 나면 뿌듯함을 느낄 수 있고, 잊게 될 수도 있는 이야기를 나중에 다시 읽을 수도 있다. 또한 아버지도 나에게 이야기를 해주시면서 어릴 적 시절을 다시 한 번 되돌아볼 수 있는 계기가 되지 않았을까.

평소에 아버지가 말씀하신 것은 학교 갔다 와서 소꼴을 베거나 소죽을 끓이는 일을 했다는 것뿐이었는데, 글을 쓸 때에는 더 풍부하고 자세한 이야기를 써야 한다는 부담감 때문에 정말 귀담아듣고 질문도 많이 했던 것 같다. 그리고 그 덕분에 시간을 내서 아버지와 많은 이야기를 나눌 수 있었던 점도 좋았다.

책을 쓴다는 것은 정말 많은 시간과 노력이 필요로 하는 일이라는 것을 알게 되었다. 글을 쓴다는 게 단지 힘들었을 뿐이지 싫었던 건 아니다. 나에게는 아버지의 생애를 들여다볼 수 있는, 아버지에게는 어린 시절을 다시 되돌아볼 수 있는 좋은 기회가 되어서 기분이 좋다.

사랑하는 아버지께

아버지, 저 예린이에요. 제가 아버지 자서전을 쓰게 될 줄은 몰랐는데 정말 쓰길 잘한 것 같아요. 이번에 자서전을 쓰면서 아버지가 어렸을 때부터 지금까지 겪은 기쁜 일, 슬픈 일 등 많은 일들을 잘 알게 되었어요. 평소에는 그냥 듣고 흘렸는데 이번에는 정말 열심히 들었거든요.

제가 어린이집, 유치원, 그리고 초등학교를 졸업하고 벌써 중학교 3학년이네요. 시간이 엄청 빨리 흐르는 것 같아요. 맨날 반찬 투정하고 편식하고 입으라던 옷도 입지 않던 게 엊그제 같은데 말이에요.

몇 년 전까지만 해도 아무것도 모르고 공부도 열심히 하지 않고, 텔레비전이나 몰래 보고, 집에 오면 쓸데없이 휴대폰만 만지작거렸는데, 그때에 비하면 지금은 제가 꽤 성숙해진 것 같아요. 툭하면 삐지고 말도 잘 안 했는데 조금은 고쳐진 것 같아요. 아직은 많이 부족하지만요. 저만 그렇게 느끼

는 거 아니죠? 앞으로는 더욱더 성숙하고 멋진 모습 보여드

릴게요.

저는 무뚝뚝하고 애교도 없는데 아버지라도 애교가 있으

셔서 다행인 것 같아요. 저한테는 애교란 건 눈 씻고 찾아봐

도 없는데, 아버지가 화나면 풀어드리려고 가끔씩 애교를 부

리기도 해요. 아버지는 그걸 아시나 몰라요.

제가 많은 걸 배울 수 있도록 해주시는 것도 정말 감사드

려요. 이건 엄마한테도 드리고 싶은 이야기예요. 제 또래 친

구들이 많이 배우지 않는 피아노나 바이올린, 중국어, 그리

고 건강을 생각해서 테니스까지 칠 수 있게 해주신 것 너무

감사해요. 중간에 하기 싫고 그만두고 싶을 때마다 다잡아주

신 것도 감사드려요. 정말 셀 수도 없을 만큼, 감사드려야 할

게 너무 많은 것 같아요.

아버지가 저한테 잔소리하는 게 다른 사람을 위해서가 아

니라 저를 위해서 하는 말씀인 줄 알면서도 듣고 나면 기분

이 썩 좋지도 않고 화도 나고 그래요. 그래서 저도 모르게 신

경질을 내는데, 그건 정말 죄송해요.

아버지가 정말 피곤하고 지칠 때도 밤낮 열심히 일하시는 모습을 볼 때마다 저도 열심히 공부해서 효도해야겠다는 생각을 해요. 좋은 고등학교, 대학교를 졸업하고 좋은 직장을 구해서 엄마, 아버지가 어깨를 쫙 펴고 다니실 수 있도록 자랑스러운 딸이 되도록 노력할게요! 사랑해요.

세상에 하나뿐인 소중한 나의 딸에게!

살다 보니 딸에게 이렇게 편지를 쓰는 날도 있구나. 조금은 어색하지만…….

너를 세상에 첫 대면할 때 손가락, 발가락은 다섯 개씩 다 있는지, 눈, 코, 입은 제자리에 있는지 걱정했는데, 다행히 건강하게 태어나주어서 아버지는 얼마나 기뻤는지 모른다.

네가 어릴 때 사업이 기울어지고 여러 가지로 힘든 일이 겹쳐서 네게 충실한 아버지가 되어주지 못해서 두고두고 미안한 마음이 많았는데, 이제껏 건강하고 예쁘게 자라줘서 아버지로서 너무 감사하게 생각한다. 내가 너무 많이 아파봤고 약을 많이 먹었기 때문에 약간 건강염려증이 있는 거 너도 알지? ㅎㅎㅎ

살아가면서 중요한 것이 많겠지만, 그 중 최고는 행복이란다. 행복해지려면 첫째는 건강해야만 해. 아무리 강한 의지가 있는 사람이라도 몸이 아프면 약하게 되는 법이란다.

육체적 건강과 더불어 마음의 건강도 매우 중요하단다. 네 엄마도 늘 강조하지만, 공부보다 중요한 것, 즉 예의범절, 바른 인간성, 상식에 벗어나지 않는 건전한 생각들······.

요즈음 주변을 보면 공부에만 신경 쓰고 공부만 잘하면 모든 것이 용납되는 그런 가정이 많다. 하지만 아빠는 절대 그런 사람으로 널 키우고 싶진 않다. 남을 배려하지 못하고 오직 자기밖에 모르는 이기적인 사람은 살아가면서 외롭고 주위에 사람이 없어. 내가 먼저 사람에게 다가가고 내가 먼저 베풀고 솔선수범하는 것이 몸에 배어야, 앞으로 살아야 할 사회 생활, 회사 생활, 가정 생활을 슬기롭게 해나갈 수 있단다.

우리 딸은 아주 장점이 많아서 엄마나 아빠는 늘 사람들 앞에서 칭찬을 한단다. 공부든 운동이든 음악이든, 무엇을 시작하면 포기하지 않고 끝까지 해내는 널 보면, 때로는 아빠는 말은 안 해도 감동한단다. 이런 포기하지 않는 딸이기에 아버지는 힘들게 일해도 늘 보람을 느낀단다.

일요일에도 다른 친구들은 텔레비전 보고 놀러 가고 할 텐데 하루 종일 집에서 책하고 씨름하고 있는 것을 보면 때로는 마음이 아프기도 하지만, 또 한편으로는 네 미래를 생각하면 이 정도는 참아내야 거친 세파에도 살아남을 것 같은 생각이 든단다. 이 세상에서 가장 큰 경쟁자는 너 자신이야. 아버지는 결과보다 과정이 더 중요하다고 생각해. 더도 말고 지금처럼만 해준다면 네 인생에서 분명 승리자가 될 거야.

눈에 넣어도 아프지 않을 예쁜 딸! 맛있는 것 있으면 늘 엄마, 아빠 입에 넣어주고, 엄마 힘들다고 설거지 스스로 하고, 빨래도 널어주고, 부모님 방 청소도 해주고, 아버지 어깨 아프다면 언제나 달려와서 주물러주는 마음씨 예쁜 딸! 여행 갈 때도 늘 할머니를 챙기는, 바빠서 할머니를 뵐 시간이 없으면 할머니 안부를 물어보는 가슴이 따뜻한 딸!

이런 딸을 가진 아버지는 분명 선택 받은 행복한 아버지 맞지?

소녀에서 엄마까지

한혜진

우리 엄마는 1972년 11월 20일 영양의 어느 한적한 산골 마을에서 2남 1녀 중 막내로 태어나셨다. 영양에서 태어나서는 초등학교부터 대구에서 다니셨다고 한다. 어릴 때 꿈은 간호사이셨고, 어릴 때부터 미술, 만들기나 그리기에 재능이 있으셨다고 한다. 지금도 엄마는 손재주가 좋으시고 만들기 등을 좋아하신다.

우리 엄마는 밝은 성격에 다른 사람들과 잘 어울리는 성격이다. 항상 뭐든지 경험해보는 것을 좋아하고 무슨 일이든지 열정을 가지고 하신다. 솔직히 나는 엄마의 어릴 적 이야기, 엄마의 진짜 모습을 잘 알지 못하였다. 아니 별로 궁금해하지 않았던 것 같다. 그런데 막상 내가 잘 알지 못했던 엄마의 옛이야기도 들어보고, 그 내용을 글로 쓰려니 기분이 묘하다. 엄마도 한땐 나처럼 그냥 평범한 여학생이었을 것이라 생각하면 생소하게 느껴지기도 한다.

생각해보니 엄마도 외할머니, 외할아버지의 어리디 어린 아주 소중한 딸이었다는 것을 잊고 있었던 것 같다. 그냥 막연하게 나만을 위한 엄마라고만 생각하고는 엄마 속을 썩인 것이 미안하게 느껴진다. 이제부터 나는 '우리 엄마' 로서의 이야기가 아닌 '엄마 자신' 으로서의 이야기를 해보려고 한다.

먼저 다가가는 용기

25년 전, 엄마가 고등학생이 되었을 때의 일이었다. 나는 잘 알 수 없지만 그때 당시 엄마는 꽤나 소심한 성격이었다고 한다. 아는 친구들도 없는데 그런 소심한 성격 때문에 처음 본 친구들에게 쉽게 다가갈 수 없었던 엄마는 우물쭈물하고만 있었다고 한다. 나도 낯을 많이 가리는 편이라 그 당시 친구들에게 먼저 다가가지 못한 엄마의 마음이 조금 이해가 된다.

그러나 엄마는 자신의 그러한 성격을 알기에, 성격을 고치기 위해서는 스스로 고치려는 노력이 필요하다는 것을 깨닫게 되었다고 한다. 낯설지만 친구들에게 한 걸음씩 더욱 다가가려고 노력하고, 떨리지만 조금씩 더욱 많은 말을 걸면서 친구들과 친해지려고 했다. 자신의 약점을 위해 노력한 것이었다. 나 같으면 힘들었을 것 같기도 한데 그런 면에서는 엄마는 꽤나 대단한 것 같다.

이후로 엄마는 항상 밝게 행동하려고 노력하면서 점점 더 많은 친구들을 사귀고 사람들에게 좋은 인상을 주기 시작했다. 결정적으로 엄마가 바뀌게 된 건 체육시간부터라고 한다.

"자! 두 명씩 짝을 지어보자!"

'어쩌지……?'

그때, 엄마처럼 짝이 없는 친구가 보였고 엄마는 먼저 다가갔다고 한다.

"저기, 나랑 같이 할래?"

"그럴까?"

그리고 그 일을 계기로 조금씩 용기가 생겼다고 한다. 이때부터 조금씩 '소심함'을 극복하기 위해 노력한 것 같다.

그리고 그때의 그 친구 분과는 인연이 있었는지 지금까지도 친하게 지내신다. 가끔씩은 집에 놀러 오시곤 한다. 그럴 때마다 그때의 일을 떠올리며 내게 항상 말씀하신다.

"너도, 먼저 다가가야 좋은 친구를 많이 만들 수 있는 거야."

엄마의 절약 정신

이것 역시도 엄마의 고등학교 시절의 일이다. 외할아버지께서 공무원이셨기에 엄마는 그럭저럭 편하게 사셨다고 한다. 그러다가 조금 더 큰 집에서 살게 되었다고 한다. 하지만 그 집은 많은 빚으로 무리해서 산 집이라 곧 빚에 쫓겨 다시 이사 갈 수밖에 없었다고 한다. 그래서 항상 외할머니는 일을 하러 다니셨고, 그 때문에 엄마는 가끔 도시락을 못 싸간 적도 있다고 한다.

"너는 밥 안 먹어?"

"아, 오늘 도시락을 못 싸왔어. 이따가 매점에서 뭐 좀 사 먹으려고."

변명을 하고는 운동장에서 시간을 보냈다고 한다.

또 다른 일도 많았다고 한다.

집에서 버스비를 받는데 용돈으로는 많이 부족했다고 한다. 마침 버스를 타고 학교를 가면 많이 돌아서 가기 때문에 걸어가는 것과 시간이 비슷하게 걸려서, 엄마는 중간 길로 걸어다니셨다고 한다.

"버스 안 타?"

"응, 버스 타니까 많이 돌고 복잡해서 그냥 걸어서 가."

"집이 어딘데? 가까운가 봐?"

"으응, 뒷문으로 나가면 30분 정도 걸어가면 돼."

"우리집도 그쪽인데 같이 가자."

그날부터 그 친구랑 같이 걷다 보니, 하나 둘씩 같이 걸어가는 친구들도 더 생겼다. 그렇게 친구도 많이 사귀고 버스비를 아껴서 용돈으로도 쓰셨다고 한다.

엄마의 절약 정신은 이때부터 시작된 게 아닐까 생각한다. 엄마는 요즘도 종이 한 장 그냥 버리지 않는다. 꼭 이면지로 쓰고 폐품들을 모아서 팔기도 한다. 아빠가 집이 지저분해진다고 잔소리를 하기도 하지만, 나는 그런 절약 정신을 본받을 필요가 있다고 생각한다. 그리고 엄마께서는 어린 시절 그런 가난들에 대해 나에게 항상 이렇게 말씀하신다.

"사람은 너무 무리해서 계획성 없이 생활하면 안 돼."

"왜? 그래도 잘살고 있잖아."

"만약에 빚 같은 걸 내지 않고, 절약하고 계획성 있게 살았으면 엄마도 달라졌을지 모르잖아."

"그런가."

"그래도 그때 일 덕분에 절약하는 습관이 길러진 건 참 좋은 것 같아."

최선을 다한 대학 생활

엄마의 대학교 시절 이야기도 들었다.

특별한 대학 생활을 한 것은 아니지만, 이때 아빠를 만났다고 한다. 오빠들이 대학교를 다니고 어려워진 집안 형편 때문에 엄마는 특별히 계획하지 않았던 안경광학과에 입학하게 되었다고 한다.

처음 대학교를 갔을 때 또 다른 생소한 사람들을 만나는 것이 겁이 나서 학교 생활에 빠르게 적응하기 위해 동아리 활동을 해보기로 했다고 한다. 그때 마침 친구와 캠퍼스를 걷고 있었는데 악기를 연주하고 있는 사람들을 보게 되었다. 그 모습이 매우 인상적이었다고 한다.

"저거 너무 멋있게 보인다. 나도 저런 거 다룰 수 있을까?"

"그래, 우리도 저런 거 한번 해보자. 그런데 여자도 할 수 있을까?"

"야, 우리가 어디 보통 여자냐. 힘 하나는 좋잖아."

엄마와 친구는 그 동아리 가입원서를 쓰고 다음날 바로 동아리방으로 찾아갔다고 한다. 알고 보니 4-H라는, 농촌 봉사활동을 주로 하는 동아리로, 부수적으로 풍물까지 같이 하는 모임이었다고 한다.

봉사활동은 주로 방학 중에 다니고, 평소엔 풍물을 배우기 위해 선배, 동기들과 어울려서 북과 장구, 징, 꽹과리를 열심히 배웠다고 한다. 엄마는 운동에는 소질이 없었지만 배우고자 하는 욕심은 가득했다고 한다.

여러 명의 동기들과 배우고 싶은 악기를 하나씩 고르는 시간이 되어 고민하고 있는데 한 선배가 ,

"야, 여자 중에도 북을 다룰 줄 아는 후배가 필요한데 네가 한 번 해봐라."

하고 말했다.

그래서 정작 배우고 싶었던 장구는 어쩔 수 없이 포기할 수밖에 없었다고 한다.

"근데 보통 여자애들은 북을 배우다가 중도에 포기를 하는데 너 자신 있냐?"

엄마는 그 말을 듣고 오기가 생겨 끝까지 해보자는 생각을 했다. 그때부터 친구들과 함께 틈이 날 때마다 북을 가지고 놀았다고 한다.

"대학생인데 예쁜 옷도 사 입고 멋도 좀 부려. 매일 수업 끝나면 동아리방만 가지 말고."

다른 친구들이 이런 말을 할 때도 엄마는 꼭 보여주고 싶었다고 한다. 마음 먹고 하면 안 될 게 없다는 것을. 시간이 흐른 후에 능숙하게 악기를 다루게 될 그 모습을 상상하며 손을 다치는 것도 참아가며 노력을 했다고 한다. '나라면 과연 엄마처럼 할 수 있을까' 하는 생각을 해보게 된다.

6개월 정도가 흘렀을 때 주위의 몇몇 친구들은 포기를 하고 말았다고 한다. 하지만 엄마는 끝까지 남아서 풍물패 일원이 되어 학교 축제, 모임, 행사, 경연대회에까지 나가는 실력을 만들었다고 한다.

엄마는 지금도 그때 당신이 포기하지 않고 끝까지 노력해서 이겨낸 것에 대해 자랑스러워하신다. 그때 같이 악기를 배우고 동아리 활동을 하던 분들과 지금까지 친하게 만나고 계신다. 평생을 같이 할 좋은 친구들을 그때 만났다고 좋아하신다.

그 중엔 우리 아빠도 끼어 있다. 엄마의 그런 모습에 반해 아빠는 엄마를 좋아하게 된 것 같다. 같은 학교, 학과, 같은 동아리에서 생활하면서 천생연분을 그때 만나게 된 것이다. 그래서 우리가 태어나게 된 것이다.

"혜진아, 뭐든 열심히 해야 한다. 지금은 네가 뭘 좋아하는지 모르겠지만, 네가 해보고 싶은 일이 생기면 그땐 최선을 다하고 최고가 되도록 노력해."

"에이, 난 그렇게 못해."

"아냐, 너도 할 수 있어."

"내가 엄마처럼 끈기 있게 할 수 있을까? 몇 번 하다가 그만둘 것 같은데?"

"그럼. 지금은 모든 게 힘들고 귀찮겠지만, 네가 마음만 먹으면 뭐든지 할 수 있어."

그 후로도 엄마는 계속해서 무언가를 배우신다. 취미로만 배우던 것을 하나 둘씩 자격증을 따서 좋은 기회도 잡으셨다고 하셨다.

"혜진아, 항상 노력하고 준비해 놓으면 기회가 왔을 때 쉽게 잡을 수 있어. 물론 할 수 있다는 자신감도 필요하겠지!"

나도 뭐든지 내가 해보고 싶은 일은 끝까지 포기하지 않고 노력해서 내 것으로 만들고 싶다는 생각이 든다.

집안의 가장으로

졸업 후에 엄마는 안경원에 취직했다. 외할머니가 멀리까지 다니시며 힘들게 일하시는 게 안타까워 살림에 보탬이 되기 위해서이다. 그때 외할아버지가 많이 아프셔서 엄마가 할아버지의 병수발도 다 하고, 집안 살림도 도맡아 했다고 한다. 외삼촌들도 다른 곳에서 직장을 다니시는 바람에 엄마가 가장 아닌 가장이 된 것이다.

그때 엄마는 무척 힘들었다고 한다. 일을 마치면 곧장 집으로 와서 외할아버지 심부름도 하고 음식도 챙겨드리고, 몸이 두 개였으면 했다고 말씀하신다.

"혜진아, 그때 엄마 많이 울었다."

"왜?"

"난 왜 이렇게 살아야 하나 하고, 할아버지랑 할머니를 원망도 했어."

"그러면 안 되지."

"그렇지. 근데 그땐 내가 이렇게 해도 아무도 알아주지 않는 것 같았거든. 힘들다 말하고 싶은데 들어줄 사람이 없는 거야."

"내가 있었으면 들어줄 건데."

엄마는 그때가 많이 힘들었다고 한다. 안경원까지 맡아서 하는 바람에 일도 너무 많은데, 매일 집안일까지 혼자서 다 해야 되니 너무 힘들었다고.

몇 년이라는 시간 동안 매일같이 똑같은 일이 반복되니까 점점 지쳐갔다고 한다. 멀리 떠나고 싶다는 생각도 많이 나고 혼자서 살아보고 싶다는 생각도 했다고 한다.

하지만 엄마는 할아버지가 돌아가실 때 너무 슬퍼서 펑펑 울었다고 한다. 엄마를 힘들게 한 할아버지이지만, 막상 이 세상에 안 계신다고 생각하니 좀 더 잘해드릴걸 하고 후회가 된다고 하신다.

"혜진아, 외할아버지 잘생기셨다."

"난 모르는데? 할아버지 본 적 없는데."

"그래. 네가 태어나기 전에 돌아가셨지."

"엄마가 좋아하는 장동건보다 잘생겼어?"

"그럼. 눈도 코도 다 또렷해서 잘생긴 외국인처럼 생겼다는 말을 많이 들었지."

"진짜? 난 그럼 누굴 닮은 거야?"

"넌 주워왔다."

이런 말도 가끔 하고는 웃으신다. 엄마는 할아버지가 많이 보고 싶은 것 같았다.

나도 나중에 후회하기 전에 좀 더 아빠, 엄마를 사랑해야 하는데 잘 되지 않는다. 엄마에게 상처가 되는 말을 가끔 하게 된다. 그래서 엄마랑 다툼도 생기고 엄마를 힘들게도 한다. '잘해야지' 생각하지만 잊어버리고 또 화를 내고 속상하게 만든다. 엄마, 죄송해요.

배우는 것 좋아하는 소녀처럼

지금 우리 엄마는 또 어떤 모습으로 변화된 삶을 살아가는지 이 기회에 한번 생각해보게 된다. 지금의 엄마는 아빠와 우리들을 위해 항상 최선을 다하고 헌신적으로 지내신다.

그런 엄마에게 요즘 작은 변화가 생기기 시작했다. 항상 우리를 먼저 생각하고 엄마 생활을 우리 스케줄에 맞췄는데, 어느 날부터 작은 모임들이 생기고 외출하시는 일도 많아졌다.

"엄마, 요즘 왜 그렇게 바빠? 뭐 하고 다니는 거야?"

"음, 엄마가 바쁜 게 싫어?"

"아니. 학교 갔다 와서 집에 왔는데 가끔은 엄마가 없기도 하고, 늦은 밤까지 뭔가를 하느라 늦게 자는 게 이상하잖아."

이렇게 내가 물었을 때 엄마는 웃으면서 말했다.

"엄마가 자꾸 작아지는 것 같아. 이젠 엄마를 위한 뭔가를 준비해야겠다는 생각이 들어서 뭔가를 배우기 시작했어."

엄마는 사회복지사 자격증을 따려고 공부를 다시 시작하셨다. 그리고 예전에 배운 POP를 좀 더 공부해서 학교에서 아이들을 가르치는 일도 해 볼까 한다고 하셨다.

갑자기 엄마가 달라보였다. '우리 엄마 맞나?' 싶기도 하고, 자랑스럽기도 하였다.

"엄마도 그런 거 할 수 있어? 이야, 색다른데?"

"그럼. 엄마도 꿈 많은 시절이 있었다. 너처럼 배우는 거 좋아하던 소녀였거든."

지금 엄마는 학교 방과 후 수업도 맡아서 하고 강의도 가끔 나가신다. 이젠 엄마의 달라지는 모습을 보는 것이 즐겁다. 엄마는 한결 더 밝아졌고 자신감도 느껴진다. 정말 못하는 것이 없는 것 같다.

그냥 '우리 엄마'였는데 누군가에게는 '선생님'이라고 불리는 엄마를 보면 자랑스러워진다. 언제나 배우려고 노력하고, 뭔가를 열심히 하시는 엄마를 보면서 나를 돌아보게 된다. 고마워요, 엄마.

나는 '우리 엄마는 지금 행복하실까?' 하고 고민해본다. 아빠와 나와 동생을 위해 열심히 살고 계시는 엄마를 볼 때, 나 자신이 엄마한테 잘하고 있는가도 생각해보게 된다. '나와 내 동생을 위해서 엄마는 엄마가 하고 싶은 일을 못 하고 계시는 건 아닐까?' 또, '힘들어도 참고 계시는 것은 아닐까?' 하는 생각을 하면서 엄마에게 미안하기도 하고 고맙기도 하다.

엄마는 지금도 소녀 같은 감성을 가지고 계신다. 어쩌면 나보다도 더 말이다. 내가 항상 엄마에게 말하듯, 함께 있을 때 행복해지는, 나의 가장 좋은 친구는 우리 엄마이다. 엄마지만 나와 동생보다 애교도 더 많으시고, 동생이랑 나랑 장난도 많이 치고, 대화도 많이 나누신다. 아빠와도 정말 친구처럼 잘 지내신다. 그런 모습을 볼 때면, 나도 엄마처럼 내 아이들의 좋은 엄마가, 내 남편의 좋은 아내가 될 수 있을까 생각해보게 된다.

엄마, 아빠가 잔소리하는 것이 싫기만 하지만, 생각해보면 우리 엄마가 진정 좋은 엄마인 듯하고 이렇게 잘 키워주신 것이 고맙다. 우리 가족의 중심은 엄마인 것 같다. 모두들 엄마를 너무나 좋아한다. 아빠도 자주 말씀하신다. "난 엄마를 만난 게 내 인생에 가장 큰 행운이다."

우리 가족은 큰 욕심 없이 하루하루를 감사하며 지낸다. 어린 시절 엄마의 경험과 환경이 지금 우리 가족의 분위기를 만드는 데 큰 몫을 한 것 같다는 생각이 든다. 항상 지금 같은 행복한 가정이었으면 좋겠다.

사랑하는 딸, 혜진이에게

　엄마의 착하고 예쁜, 자랑스러운 딸 혜진아! 엄마는 항상 너를 사랑하고, 너를 믿는단다.

　요즘은 그 무섭다는 '중2'를 지내면서 많이 예민해지고, 짜증도 많아졌지만, 언제 이렇게 많이 컸나 하고 대견스럽기도 하단다. 어릴 적에는 그렇게 좋알거리고 시끄럽게 떠들어대기도 하더니, 요즘은 묻는 말에 대꾸도 잘 하지 않고 해서 엄마랑 부딪히는 일도 많았지. 그런 너를 넓은 마음으로 받아주지 못해서 엄마도 많이 미안해. 생각해보면 엄마도 그런 시절이 있었는데 말이야.

　그래도 우리 딸! 잘 이겨내며 스스로 절제하고, 엄마가 많이 챙겨주지 못해도 혼자 알아서 잘해줘서 정말로 고마워.

　엄마, 아빠가 간혹 잔소리도 많이 하지만 너를 사랑하는 마음이 밑바닥에 깔려 있기 때문인 것 알고 있지? 네가 "엄마, 아빠는 나를 미워해" 하고 말하기도 하지만 엄마, 아빠는 항상 너를 위해서 그러는 거란다. 우리는 혜진이, 네가 너무 기특하고 대견스러워.

엄마, 아빠는 네가 어떤 잘못을 하든, 어떤 실수를 하든, 변함 없이 너를 사랑하고 너의 편이 되어줄 거란다.

앞으로 살아가면서 더 힘들고 어려운 날도 많겠지. 하지만 잘 이겨내면서 꿈을 크게 가지고 그 꿈을 이루기 위하여 열심히 노력하는 예쁜 딸이 되었으면 좋겠어. 엄마는 네가 그렇게 잘 할 것이라고 믿는단다. 힘들어도 우리 서로 조금씩 참고 서로에게 상처를 주지 않도록 노력하자꾸나.

사랑하는 우리 딸.

엄마는 네가 조금만 더 마음을 너그럽게 가지고, 엄마가 항상 말하듯이 배려하는 마음으로 다른 사람의 입장에서 한 번 더 생각하는 지혜로운 사람이 되었으면 좋겠어. 이렇게 넓은 마음을 가지고 우리 이제 서로 배려하면서, 서로 다투는 일을 줄이도록 하자.

혜진아.

엄마, 아빠는 항상 너를 믿어. 그러니까 힘들겠지만 나중을 위해 조금만 더 열심히 해주고, 엄마가 많이 신경써주지 못해도 지금처럼만 잘해주었으면 좋겠어. 언제나 사랑하고 믿을게. 우리 딸, 파이팅!

2013년

혜진이를 사랑하는 엄마가

사랑하는 엄마에게

나의 가장 좋은 친구이자 선생님인 엄마!

내가 항상 엄마한테 하는 말 있잖아. '엄마가 내 가장 좋은 친구'라는 말. 난 이 말이 너무 좋아. 난 누구보다 엄마랑 이야기하는 게 제일 즐겁고 행복해. 엄마가 세상 누구보다 나를 가장 많이 아니까 항상 날 이해해주고, 나한테 맞춰줘서 그런 것 같아.

엄마, 항상 내가 하고 싶다고 하는 건 다 하게 해줘서 정말로 고마워. 엄마 덕분에 내가 지금처럼 많은 경험을 할 수 있었던 것 같아. 엄마가 아니었으면 난 항상 해보지 못했던 것을 후회하며 살고 있겠지? 엄마 덕분에 난 항상 도전해보는 용기를 가지게 된 것 같아.

엄마가 항상 잘한다고 칭찬해주고, 할 수 있다고 격려해주고, 내가 무슨 일을 하든 내 편이 되어주고 위로해주었기 때문에 내가 지금처럼 자신감도 생기고 밝게 살고 있는 것 같아. 정말 고마워.

엄마, 난 항상 엄마를 볼 때면 '나는 내 아이들한테 엄마만큼 좋은 엄마가 될 수 있을까?' 하는 생각이 들어. 엄마가 항상 나보고 나 같은 딸 낳아서 키워보라고 하잖아. 난 엄마처럼 못 할 거 같아.

엄마, 내가 엄마에게 제일 고마운 게 뭔지 알아? 항상 잘할 수 있다고 격려해주고 뭐든 할 수 있게 해주지만, 안 되는 것은 딱 잘라서 안 된다고 해줬다는 거야. 만약 엄마가 없었으면 난 뭐가 옳은 건지, 뭐가 잘못된 건지도 모르고 내가 하고 싶은 대로, 내가 내키는 대로 살고 있을 거야. 나도 나중에 엄마가 되면 꼭 내 아이들에게 안 되는 게 있으면 안 된다고 가르치면서 살아갈 거야. 나를 잘못된 길로 가게 내버려두지 않고 잡아줘서 정말로 고마워. 그리고 내가 배울 점이 많은 엄마가 되어줘서 정말로 고마워.

요즘 내가 매일 짜증만 내고, 예전처럼 엄마랑 대화도 많이 안 해주고 귀찮아해서 정말 미안해. 아빠랑도 매일 매일 싸우고, 엄마 말도 안 듣고, 하는 말마다 말대꾸만 하고……. 나도 내가 엄마, 아빠한테 못되게 군다는 거 알고 있어. 2학년이 되면서 나도 모르게 예민해졌나 봐. 안 그러려고 하는데도 계속 생각만 하고 잘 안 되네. 그래도 이런 못난 딸, 항상 믿어주고 사랑해줘서 정말 고마워.

엄마. 자식은 부모의 자존심이래. 난 이 말을 잊지 않을 거야. 항상 엄마, 아빠를 위해서 열심히 공부하고, 내가 잘못한 일이 있으면 저 말을 떠올리면서 바로잡아 나갈 거야.

엄마.

나는 항상 엄마, 아빠가 또는 할머니, 할아버지가 다른 사람들에게 나를 자랑할 수 있도록 해주고 싶어. 또, 다른 사람들이 날 칭찬하는 것을 듣게 해주고 싶어. 항상 내가 그렇게 될 수 있도록 노력할게. 엄마가 나한테 잘해주는 만큼 나도 엄마, 아빠의 자존심이 되어줄게.

항상 날 믿고, 자랑스러워해주고, 칭찬해줘서 고마워. 난 이렇게 좋은 엄마가 우리 엄마라는 것이 너무 자랑스러워.

나도 무슨 일이 있어도 엄마를 믿을게. 이제 엄마 말도 잘 들을게. 엄마 말대로 마음도 넓게 쓰고, 말할 때도 항상 한 번 더 생각하고 말하고, 짜증도 내지 않을게.

엄마, 항상 고맙고 미안하고 사랑해.

2013년

엄마를 사랑하는 딸, 혜진이가

공부하고 봉사하는 삶

정원우

프롤로그

자서전의 주인공으로 어머니를 쓴 이유는 어머니의 살아온 세월이 순탄치만은 않았기 때문이다. 나이가 있으시지만 아직도 공부를 하시면서 그것도 대충하는 것이 아니라 우등생으로, 청소년 관련 자격증을 따시는 것을 보고 존경스러웠다. 어머니가 청소년 관련 공부를 하시면서 어머니와 나는 서로를 더 많이 이해하게 되었고 말다툼을 하는 일도 줄어들어 가정의 평화가 찾아왔다.

처음 부모님에 대한 자서전을 쓰려고 했을 때 아버지의 자서전을 쓰려고 하였지만, 열정적으로 공부하는 어머니의 모습을 보고 어머니의 이야기를 듣고 싶어 어머니의 자서전을 쓰게 되었다. 방학 중에도 계속 공부를 하셔서 물어볼 시간은 많이 없었지만 틈틈이 시간을 내어 이야기를 들려주시고 도와주신 덕분에 자서전을 쓸 수 있었다.

아버지의 사랑으로 다시 태어나다

보통 시골 마을의 풍경은 소나무와 밤나무가 우거진 멋진 산이 배경에 자리 잡고, 앞쪽은 논과 물이 흐르는 개울을 끼고 있는 아름다운 모습을 가지고 있다. 하지만 내가 태어난 곳은 비오는 밤이면 불빛이 돌아다닌다는, 그 옛날 공동묘지 터였다는 소문이 있는, 밤에 다닐 때는 누가 따라오는 것 같은 아주 무서운 곳이었다. 시골 마을이지만 큰 마을이고 교회도 있고 초등학교도 있는 마을이었다.

내가 어릴 때는 가난하기도 하고 시골이라 일손이 늘 부족해서 열심히 일을 해야 한다는 생각으로 많은 일을 했다. 어린 시절부터 부엌에서 언니와 불을 때서 식구들 식사 준비를 하고, 할머니께서 소죽 끓이는 것도 도왔다. 부모님께서는 아침부터 늦은 저녁까지 일을 해야 하기 때문에 우리의 일손도 필요했기에 어리다고 그냥 놀게 하지 않으셨다.

키가 커서인지 똑똑해서인지 나는 일곱 살에 초등학교에 들어
갔다. 하지만 아파서 한 달도 못 다니고 그만둔 게 충격이었는지
그때 기억이 또렷하게 남아 있다. 그 당시 어려운 살림에 대구 병
원까지 가서 몇 달 걸리는 대수술을 하였다.

시골에 살며 경제적으로 많이 어려웠는데도 나에게 큰 수술
을 시켜주신 아버지. 그 당시는 몰랐지만 자라면서 고마움을 잊
을 수가 없다. 시골은 너나 할 것 없이 어려운 형편인데 한두 푼
도 아닌 많은 돈을 들여서 수술시켜주신 아버지께 감사하며, 두
고두고 갚아야 할 빚이라고 생각하며 지금까지 살았다. 비록 부
모이지만 먹여 살려야 할 식구가 많음에도 불구하고 아픈 딸을
위해서 그런 결정을 하신 아버지가 고맙고 대단하다는 생각을
한다.

나는 수술 후에 건강해져 다시 여덟 살에 초등학교에 입학을
해서 학교에 다녔다. 우리집은 넉넉하지 않았지만 형제, 자매와
할머니, 삼촌, 여덟 식구가 열심히 부지런하게 살았다.

일요일이라고 집에서 쉬는 날이 아니다. 아침 해 뜨기 전에 일
어나 일을 해야 했고 부모님을 도와 농사일을 거들었다. 포도 농

사가 있어 항상 일손이 부족했고, 철 들기 전부터 일을 해서 일이 그냥 일상이라 생각되어 꾀를 부리지도 않았다.

어릴 때 습관으로 지금도 아침 6시만 되면 일어나게 되어 알람이 필요없다. 하루 시작이 빠르다 보니 남들보다 많은 시간이 주어진다. 게으름 부리지 않는 부지런함에는 자신이 있다.

살면서 어려움이 많았지만 어려울 때마다 힘내고 이겨낼 수 있었던 것은 아마도 어릴 때 부모님께서 물려주신 성실함이 덕분이 아닐까 생각한다.

아이를 위해 다시 시작한 공부

아이를 키우다가 어느 날 문득 '아이와 대화가 되지 않으면 어떻게 하지?' 하는 생각이 들었다. 아이가 어릴 때는 하루가 부족할 정도로 바쁜 일상에 뒤돌아볼 여유가 없었지만, 아이가 유치원에 가고, 초등학교를 다니고, 어느 정도 혼자 할 수 있는 나이가 되고 보니 막연한 불안감이 생겼다.

사춘기 때 반항하면 어떻게 대처해야 하나, 나름 열심히 고민하다가 어느 청소년 칼럼을 보게 되었다. 나와 똑같은 생각으로 고민을 하던 사람이 지금은 대학원까지 다닌다는 내용을 보고 '그래, 바로 이거다. 나도 시작해야지' 하는 마음이 들었다. 그래서 한국방송통신대의 청소년교육과에 입학했다. 청소년교육과에서 어떤 공부를 하는지는 모르지만 분명 청소년과 관련이 있을 것이란 막연한 생각으로 시작하게 되었다.

나에게는 그 막연한 생각도 좋았다. 다시 학생 신분으로 공부하는 그 자체로도 에너지가 넘쳤으니까. 사람은 할 수 있는 일이 없다고 생각될 때 몸도 아프고 마음도 상하게 된다. 그때 나의 처지가 그러하였다.

20년 정도 지나서 다시 공부를 시작하니 마음 같지 않게 힘들고 체력도 많이 소모되어 힘들었다. 청소년교육과의 과목 내용을 이해하는 것만으로도 벅찬 반년을 보냈다. 시험 때마다의 긴장감, 리포트 내기, 출석 수업 등, 괜히 시작해서 고생이라는 생각이 들었지만, 다른 사람들에게 포기하는 모습을 보여주기는 죽기보다 싫어서 이를 악물고 버텼다.

한 학기를 어떻게 보냈는지 모르게 순식간에 지나갔다. 사람들에게 여러 정보도 얻고 한결 수월해졌다. 나만의 노하우도 생겨 공부에 요령도 생기고, 생각할 시간이 주어지면서 이 공부뿐 아니라 또 다른 도전도 해보고 싶어졌다. '청소년 지도사도 도전 해봐야지' 하는 생각으로 새로운 계획으로 공부를 하니 재미도 있어 더 열심히 하게 되었다.

공부하는 게 힘들다기보다 해야 할 일이 많다는 것에 감사도 하게 되었다. 나름 잘 극복하고 있었지만 그때 대상포진 때문에 아프기도 했고, 없던 흰머리는 가려야 할 만큼 많아졌다. 늦게 시작한 공부는 재미도 있었고 끝까지 하고 싶다는 욕심도 생겼다. 끝을 보자는 생각, 이왕이면 잘하자는 생각에 열심히 공부해서 무사히 졸업했다.

청소년 자원봉사와 보람

그렇게 시작한 공부는 청소년 상담에 대한 공부로 계속 이어 졌다. 상담 봉사와 청소년 봉사 지도자 역할로 바쁜 하루하루가 시작되었다.

공부와 현장은 전혀 다르고 다시 시작한다는 생각으로 하나하 나 배워나가면서 봉사 활동을 하게 되었다. 내가 지도자란 생각 보다는 함께 어울리고 같은 곳을 바라본다고 생각했다. 서로 도와주며 배우는 게 좋아서 하니까 보람도 크고 마음이 뿌듯하기도 하다.

청소년 분야는 우리가 자랄 때와 다른 면들이 많아 위기에 있는 청소년이 다가올 때는 안쓰러워서 '스스로 빨리 벗어나야 할 텐데' 하는 안타까움이 많다. 청소년이 가지고 있는 문제는 하나도 똑같은 문제가 없다고 해도 맞는 말이다. 청소년 개인 개인 가지고 있는 특성이 다 똑같지 않기 때문에 문제에 대한 해결점도 달랐다. 그래서 배우면 배울수록 부족하다고 느끼고 더 배워야겠다고 생각하였다. 복지 분야도 함께 공부하다 보니 공부만 하는 학생보다 더 바쁠 때가 많다.

처음 시작은 아주 작은 것, 내 아이와 잘 지낼 수 있는 방법 정도로 생각하고 시작한 공부가 해가 거듭될수록 뚜렷한 목표가 생겼다. 나도 생각지도 않은 봉사를 하며 보람을 느끼면서 예전과는 다른 나로 변해 가는 모습에 나 자신에 대한 자부심도 생겼다. 지금의 주어진 시간들이 소중하고, 앞으로도 내 모습이 궁금하기도 하다. 걱정보다는 내가 해야 할 일이 아주 많이 있다는 것에 감사하고, 무엇보다 아직 진행형이지만 아들과의 관계도 걱정하지 않는다.

아무리 가족이라 해도 사람이니까 매일 마주 하다 보면 좋기만 하지는 않다. 살면서 수없이 일어나는 갈등 속에서도 분명 해결의 실마리는 있게 마련이니까 서로 찾아가면서 하나하나 풀기 위해 부모와 자식 모두 노력해야 한다. 때로는 노력만으로도 힘든 부분이 있지만, 그것마저도 가족이란 이름으로 이겨나갈 수 있다고 본다.

부모들은 오죽하면 청소년을 외계인이라 했을까. 말도 안 되는 걸로 억지를 부릴 때는 큰 소리로 아이와 맞서기도 한다. 하지만 아이 내면에, 아이 자신도 주체가 안 되는 불덩이를 하나 안고 있다고 생각하고 보면, 내 아이가 이해가 된다.

그러고 보니 내 아이의 힘들다는 중학생 시절이 다 지나가고 있다. 열심히 싸우고 열심히 화해하고 이해하고 보니 아들은 몸도 마음도 훌쩍 커버렸다. 앞으로도 청소년을 위해 할 수 있는 봉사와 거기서 내가 할 일들이 많을 것이다. 열심히 주어진 일에 최선을 다할 것이다.

에필로그

자서전을 쓰면서 어머니가 살아온 삶을 더욱 상세하게 듣고 이해할 수 있었다. 그리고 지금 어머니가 공부하시는 것이 어떠한 것인지, 왜 공부를 시작하셨는지에 대해서 더 잘 알게 되었다. 나를 좀 더 잘 이해하시려고 공부를 시작해서, 이제는 사회에 있는 많은 힘든 청소년들을 위해 일을 하고 공부하시는 어머니가 자랑스럽고 너무 감사하다.

"공부해라. 공부해라" 하는 말 대신에 나를 이해해주시고, 다른 사람을 위해 더 많은 시간을 보내시는 어머니를 보고 '나도 힘들고 어려운 사람들을 도우면서 살면 어떨까' 하는 생각도 한다.

어머니는 나이도 나보다 한참 많으시지만 아직 힘들지 않다면서 공부를 게을리하지 않으신다. 아직 할 일이 많다면서 더 많은 봉사를 다니시는 어머니를 볼 때면 세상에 저렇게 좋은 부모님은 없다고 생각할 정도이다.

아들에게

이곳으로 이사 오려 할 때 주변 사람들이 많이 말렸지. 교통도 불편하고 편의 시설이나 학군, 뭐 하나 갖추어져 있는 것이 없다고 말이야. 가장 심하게 반대한 것은 비행기 소음 때문이었어. 하지만 아들아. 엄마는 복잡한 시내와 비교도 할 수 없을 만큼 맑은 공기와 강 주변의 자연적인 환경에서 너를 키울 수 있다는 것 하나만 생각하기로 했지.

모두의 염려를 뒤로 하고 이사를 하고 보니, 비행기 소음이 얼마나 큰지 후회가 되더라. 시간이 지나면서 비행기도 지쳤는지 뜰 때만 시끄럽지, 그런 대로 적응이 되고 처음의 걱정과는 다르게 우리집 주변이 마음에 들었어.

네가 여기저기 탐색하며 걸어다니기 좋고, 또 강변의 작은 밭을 분양받아 고추, 상추, 오이, 토마토 등 이것저것 많이 심어 물도 주고 따먹기도 하고, 주변에 함께 놀 수 있는 자연적인 환경이 잘 갖춰져 있어 아주 좋았어. 어느새 이곳에서 산 지가 벌써 십 년도 더 됐네.

　엄마는 시골에서 나고 자라서 도시의 매연이나 갑갑함이 항상 견디기가 힘들었어. 그래서 더 너를 '시골'스럽게 키웠으면 하는 바람도 있었는지 모른다. 엄마는 이곳이 정도 들고, 주변도 많이 편리해져 생활하기에 전혀 불편하지 않아. 여긴 네가 태어나고 자란 곳이라 네 고향이겠지. 이곳에서 살면서 즐거운 추억 많이 만들자.

　아들……

　엄마가 중학생 때는 시골이라 중학교가 읍에 하나 있었어. 자전거로 30분을, 그것도 비포장에 고갯마루를 끼고 달려가야 했지. 비오는 날에는 걸어서 한 시간을 걸어가야 했어. 옷은 젖어 있어 수업 내내 차가웠고, 흰 운동화가 흙탕물에 누렇게 물들어서 하루가 엉망이 되어버리지. 그리고 눈 올 때, 태풍이 와서 바람 불 때도 지금처럼 학교 휴교령이란 말은 들어보지를 못했어. 무조건 학교는 가야 했지. 여름에는 지금처럼 선풍기도 없고 그냥 창문 열고 더운 채로 공부했어. 덥다고 학교 단축수업도 없어. 또 지금처럼 토요휴업일도 없었지. 그래도 학원을 가야 하는 너희보다 노는 시간이 많아 들로 산으로 다닌 추억이 많지.

중학교 때 생각나는 추억이라면, 추운 겨울 가게 가운데 연탄불 위 솥에 담겨져 있는 오 원짜리 오뎅이랄까. 그때는 용돈도 부족해서 한 개 사 먹기도 힘들었지만, 어쩌다 사 먹은 날에는 추운 겨울 바람이 덜 차갑게 느껴졌지.

그리고 하나 더, 도시락 이야기. 지금은 급식으로 도시락을 싸가지 않지만 그때는 점심을 위해 도시락이 꼭 필요했지. 그렇지만 도시락이 지금처럼 잠금장치가 잘 되어 있지 않아, 도시락 반찬으로 김치라도 싸 간 날에는 책과 노트가 김치 국물에 다 젖어버려 하루 종일 가방 속이 김치 냄새로 가득했지.

엄마도 나이가 들면서 그 시절 함께 지낸 친구가 보고 싶고 그렇다. 너도 얼마 남지 않은 중학교 생활 잘 보내고, 좋은 추억 만들길 바란다.

엄마와 아빠는 네가 지금껏 엄마 아빠에게 기쁨을 준 만큼 앞으로도 잘해준다면 더 이상 바랄게 없을 것 같다. 넌 언제나 자랑스러운 엄마, 아빠의 아들이란 걸 있지 않으며 앞으로도 무슨 일이든 잘해 나갈 수 있으리라 믿는다.

한동안 꿈이 없다고 방황도 했지만 이제 네가 하고 싶은 걸 찾았으니까 그 꿈을 위해 열심히 노력하고, 꼭 꿈을 이루길 바란다.

아들, 사랑한다. 엄마가…….

어머니께

어머니, 이렇게 편지를 쓰는 게 오랜만이라 조금 오글거리네요. 저는 어머니께서 공부하시는 것에 대해 모르는 게 많았어요. 그래서 오해한 것도 많았던 것 같아요. 요즘 들어 오해한 건 적었는데 그래도 죄송한 게 많아요. 저를 위해서 공부를 시작하시고 저를 이해해주시려는 어머니의 마음이 너무 감사하다고 언제나 생각합니다.

봉사활동을 열심히 다니시는 어머니의 열정적인 모습이 너무 좋습니다. 어머니가 꿈을 이루기 위해 열심히 공부하시는 모습에 많이 놀랐어요. 저도 꿈을 위한 어머니의 노력을 본받아 다른 사람을 품을 줄 알고 이해할 줄 알며 생각할 줄 아는 사람이 되고 싶습니다. 많이 부족한 아들이지만 예뻐해주셔서 감사합니다.

앞으로도 건강하시고, 어머니 하고 싶은 일 많이 하세요. 저도 제 꿈을 찾아 열심히 하겠습니다. 사랑해요.

숨이 벅차 날아오르다

천수현

프롤로그

생각하지도 못했어요, 부모님의 자서전 쓰기라니. 아직 제대로 된 나만의 글을 써본 적조차 없는 제게 부모님의 일생의 한 부분을 담은 자서선을 쓴다는 것은 새끼 호랑이가 사자를 사냥하겠다는 소리와 다름없으니까요. 그런데 말이죠, 재미있잖아요. 이것도 하나의 경험으로 자리 잡을 테고, 나중에, 조금은 먼 미래에 이 책을 펼친다면 글과 함께 한 사람들도 생각날 테니까요. 그래서 부모님 자서전이란 거, 써보기로 했어요. 아주 진지하게요. 부모님 자서전이지만 두 분의 이야기를 함께 담는 건 너무 힘들 것 같아 엄마와 아빠 중 어느 분의 이야기를 담을지 고민했죠. 그런데 고민하면서 집에 갔더니 엄마가 보였어요. 바로 정했죠, 엄마의 이야기를 쓰기로요. 아빠, 미안해요. 사실 글을 쓰기 위해 아빠와 많이 만나야 하는데 그럴 시간이 충분하지 않았던 것도 선택에 영향을 꽤 줬어요. 다음에 글을 쓸 기회가 온다면 그땐 아빠의 이야기를 쓸래요. 그리고 엄마, 내가 지금부터 당신의 이야기를 써보려 해요. 엄마를 그대로 표현해낼 자신은 없지만, 아니 어쩌면, 정말 어쩌면, 엄마 당신이 아예 비치지 않을 수도 있겠지만, 당신의 '삶' 이라는 책에 저를 살짝 끼워넣어 볼게요. 딸의 글을 예쁘게 봐주세요.

잠 이루지 못하는 밤

완전히 어둠이 내려앉았다. 어둠이 내린 저녁, 한적한 방 안에서 나는 오늘도 어김없이 방 청소를 시작했다. 창문을 열고 바닥을 쓸고 물건들을 정리하고 바쁘게 움직이기를 십여 분, 내게 전화가 왔다며 주인 아주머니께서 부른다. 혼자인 내게 이 시간 올 전화는 단 한 곳, 가족들이었다. 무슨 일일까.

"아저씨, 밀양이요. 빨리 가주세요."

택시를 잡아탔다. 아주머니와 함께 그 비싼 택시를 타고 마산에서 밀양으로 달려 달라 그렇게 말을 했다. 엄마가 많이 아프다. 알고 있다. 상태가 더 나빠졌다. 가고 있다. 내가 어릴 때부터 엄마는 아팠다. 폐결핵. 지금은 다시 서울에 계시지만, 한때는 서울에서 밀양으로 내려와 요양도 했고 약을 드시며 버텨왔다. 대학생인 지금에도 중·고등학생이던 시절에도 자취하던 나였다. 그런데 처음이다. 수화기 넘어 그렇게 떨리는 목소리로 받은 전화, 더군다나 엄마가 위급하다는 내용. 수화기로 들은 그 목소리가 내 머릿속을 맴돌고 엄마에 대한 상상은 끝없이 이어지고 있었다. 다른 이가 보는 나는 지금 멍한 사람. 사실은 엄청 초조한 사람. 그렇게 달리고 달려 도착하기까지 한 시간을 훌쩍 넘겼다. 4만8천 원이라는 엄청난 금액. 위험하다고 함께 와주신 아주머니가 한 번 더 도와주셨다. 물론 감사했다, 하지만 엄마가 아프다. 그 이후론 홀로 밀양역에서 새마을호를 타고 서울로 올라갔다. 택시를 탄 이유다. 마지막 기차를 놓치면 내일이 되어야 갈 수 있다. 수화기로 들은 그 목소리가 맴돌고 상상은 끝없이 이어졌다. 지체할 시간은 없다.

이틀 후, 나흘 전

시간이 어떻게 흘렀는지 모르겠다. 엄마가 없다. 그저 내 앞에서 사진으로 남아 웃고 계실 뿐, 옆에 없다. 검은 옷을 차려입고 옆에 함께인 언니. 장례식이 4일째다. 원래 3일이 지난 후엔 탈상해야 하건만 엄마가 그곳에서 돌아가셨다는 그 이유만으로 아빠는 경찰서에 가셨다. 그곳에서 죽은 건 사건으로 처리되어 조사 받아야 한다더라. 왜, 왜 그런 거야, 우린 당신들 말을 따랐을 뿐인데. 원래 탔어야 하는 것 대신 다른 걸 타서 그래? 엄마가 살아야 하니까 당신들 말을 따랐는데, 더 복잡해.

금방이라도 다시 일어나실 것 같았다. 아니, 지금도 믿기지가 않는다. 화장할 때도 뜨거우시다며 관을 열고 나오실 것 같았다. 아빠한테는 함께 집으로 가자, 나한테는 학교로 돌아가라 하실 것만 같았다. 그냥 잠시 어디 가신 것만 같고, 돌아와서 같이 얘기할 것 같고, 모든 게 현실 아닌 꿈 같았다. 다른 이들의 시간은 흘러가는데 나만 제자리에 멈춰 엄마를 보고 있었다. 눈물이 쏟아진다. 며칠 동안 눈물이 마르지 않았다. 언니도 이번에는 운다. 어릴 적 엄마께 혼날 때도 애교를 부리며 사과하던 나와는 다르게 바른 자세로 앉아 입을 꾹 닫고 닭똥 같은 눈물만을 흘리며 벌을 다 받았던 그런 언니가 나와 다르지 않았다. 아빠는 언제 올까. 아빠도 없으니 시간은 더더욱 흘러가지 않는다. 아빠는 흘러간 건가.

4일 전. 엄마는 내 품에 안겨 계속 객혈하시고 엄마의 호흡은 점점 짧아져가는데, 불러 놓은 구급차는 소식도 없었다. 사람이 죽어가니 무거워졌다. 그때 처음 알았다. 사람이 이렇게 갑자기 무거워질 수도 있구나 하고.

"아빠, 엄마가 너무 무겁다. 점점 무거워진다."

"이러다 내가 균형 못 잡아서 쓰러질 것 같다."

같이 있던 아빠에게 말했다. 아빠는 자신이 엄마를 안으시더니 밖으로 나가 구급차가 오는지 보라고 하셨다. 맨발로 뛰어나갔다. 엄마가 곧 돌아가실 것만 같아 급했다. 주변을 아무리 둘러보고 귀를 쫑긋 세워봐도 구급차로 오해할 만한 것조차 오지 않았다. 내가 그 자리에서 할 수 있었던 건 구급차를 기다리며 발만 동동 구르는 것뿐이었기에 얼굴은 이미 눈물로 세수 중이었다. 아직 쌀쌀한 바람만이 눈물을 조금이나마 말려주려 했다. 비록 소용없었지만 말이다.

삶의 끝에서

우연히 지나가던 경찰차 한 대. 나를 봤나 보다. 맨발을 동동 구르며 두리번거리고 있는데 어찌 눈에 안 띌 수 있을까. 내 앞에 멈춰 서더니 무슨 일이 있는지 묻는다. 쉴 틈 없이 차오르는 눈물에 말을 제대로 하지 못했다. 하지만 알아들어 주었다. 어서 모시고 오란다. 그 말에 조금은 다행이다 싶어 난 얼른 알린다. 아빠가 엄마를 안아서 나오시고 경찰차에는 금세 사람이 늘었다. 경찰차는 빠르게 달렸다. 차를 타고 병원으로 가는 중에도 엄마는 계속 기침과 객혈하셨다. 우리 옷은 피가 번지고 아저씨는 급했다. 우리도 급했다.

"엄마, 병원 얼마 안 남았어. 조금만 참아, 응?"

엄마한테 말을 걸었지만 오, 엄마. 엄마가 더 심하게 숨 막혀하신다. 우리 모두 다급해진다. 엄마를 부르는 소리가 계속 들린다. 엄마는 흔들리고 눈을 감고 찡그리고 다시 객혈. 아저씨와 차는 빠르게 달린다. 잠잠해졌다. 우리는 시끄러웠지만, 엄마가 잠잠해졌다. 기침 소리가 들리지 않고 눈을 뜨시지 않고 말을 하시지 않고 일어나시지 않고. 우리 모두 다급해진다. 엄마를 부르는 소리가 계속 들린다. 달리는 경찰차, 피와 눈물 바다, 기침 소리와 말 소리. 미동조차 없을 정도로 잠잠해지신 그 순간, 엄마는 가셨나 보다. 엄마는 달리는 경찰차가 너무 빨라서, 떠드는 우리가 시끄러워서 가셨나 보다. 1991년 3월 19일, 엄마는 숨이 벅차 날아올랐다. 가족이 다 함께 있던 그 순간, 엄마는 삶의 끝에서 하늘로 날아올랐다.

몽상

나중에, 엄마가 가신 뒤 조금 많이 나중에, 고모가 그러셨다.
엄마가 객혈하시고 나서 숨 막혀 하실 때 손가락을 넣어 그 핏덩
어리를 꺼냈으면 너희 엄마는 살았을 거라고. 망치로 머리를 한
대 맞은 것 같았다. 내가 어찌할 수 없는 일이라고 생각했던 게
사실은 내가 할 수 있었던 일이라고 하신다. 엄마는 돌아가실 수
밖에 없을 것 같았는데 사실 수 있었단다. 멍청해. 내가 너무 한
심하다. 그런데 지금 생각해봐야 뭐 하나. 이미 엄마는 돌아가셨
으니 내가 엄마를 살린다는 건 그저 몽상인 것을.

에필로그

어떻게 썼는지도 모르겠네요. 글을 쓰는 건 어떻게 해서든 하겠는데 엄마를 표현하는 게 어려웠어요. 뭐, 그래서 그냥 제 생각대로 쓰긴 했지만요. 처음에 엄마께 얘기해 달라고 했었을 땐, 자서전이다 보니 엄마 삶의 핵심 사건들과 주요 인물들을 얘기해 주셨어요. 하지만 큰 사건으로 정리해서 글을 쓰지 않고, 엄마께 들었던 부분들에서 제가 가장 다루고 싶다고 느낀 것이 있어 그걸 주제로 놓고 다시 대화해 글로 썼죠.

저는 제 주변에 저한테 큰 영향력을 미치는 사람이 죽은 적이 없다 보니 인물 묘사와 감정 묘사는 상상이 대부분이에요. 솔직히 생각만 해도 슬프잖아요. 엄마랑 얘기하면서 둘이 눈물 짓기도 했어요.

저는 다른 것보다 엄마가 이 이야기를 해주신 것에 대해 감사해요. 전 눈물이 많은 터라 슬픈 이야기를 꺼내기만 하면 울게 되어서 제 슬픈 얘기를 꺼내는 걸 싫어하거든요. 그런데 엄마는 자신의 인생에 있어 가장 슬펐던 순간의 이야기를 꺼내서 들려주신 거니까요.

다 쓰고 나니 마음도 가볍고 후련하네요. 처음으로 소설처럼 써보는 글이 끝난 거라 그런지, 아니면 꽤 무거운 이야기를 쓰고 난 후라 그런지는 모르겠지만.

내 딸, 수현이…….

엄마가 네게 카드가 아닌 편지는 처음 써 보는 것 같네 .

엄마는 수현이를 생각하면 떠오르는 수식어가 항상 세 가

지가 되더라. 자랑스럽고, 사랑스럽고, 고마운 딸!

학생으로서의 본분을 절대 잃지 않고 성실히 모든 일에

최선을 다하는 수현이, 엄마를 항상 안심시키고, 생각이나

몸도 건강하게 잘 커주고, 잘 웃는 사랑하는 수현이.

수현이 세 살 때부터 엄마가 일을 했는데, 동생 수아를 지

금껏 잘 보살피고 도와주고, 엄마의 빈자리를 채워주고…….

어떨 땐 엄마의 고민도 잘 들어주는 친구 같은 내 딸, 그래서

너무나도 고마운 내 딸.

엄마도 '엄마의 엄마'가 그랬듯이, 친구 같은 모녀가 되려

고 항상 열린 마음으로 이야기할 준비가 되어 있다는 걸 수

현이가 알아주었으면 해!

언제부터인지 수현이가 네 나이 또래보다 생각하는 것이

깊어지고, 어떨 땐 이 엄마보다 더 속이 깊어 대견하기도 하지만, 엄마가 널 너무 빨리 성숙하게 만든 것 같아서 미안한 마음이 생기기도 하더라.

그런데 요즘 들어 수현이가 애기처럼 굴기도 하고, 어린 양에 애교까지 부릴 땐 조금은 낯설기도 하지만, 예전에 못 보던 우리 딸의 또 다른 귀여움에 더 사랑스럽고 예쁘더라.

좀 아쉬운 게 있다면 키가 좀 작다는 거. 일찍 자야 키가 더 자랄 텐데……. 공부라는, 과제라는 이름 때문에 피곤하고 졸려도 일찍 못 자니, 엄마는 좀 많은 생각을 하게 된다. 정규 교육이 네게 좋은지, 아니면 자유 교육을 시켜야 할지……. 계속 같이 고민해보자. 신은 사람을 공평하게 만든다는 말이 맞나 보다. 공부에, 착한 성품에, 밝은 성격에, 예쁜 눈웃음, 균형 잡힌 체격, 그러니 하나 정도 빠져도 괜찮아. 그치? ㅎㅎ

엄마 딸, 수현아…….

앞으로도 수현이 고민, 엄마 고민, 서로 털어놓으면서 친구 같은 모녀로 잘해 보자!

　내게 가장 큰 축복과 행복이 있다면, 우리 큰딸 수현이와 작은딸 수아가 다른 엄마가 아닌 엄마에게 와준 일이야 ! 서로가 있다는 것에 감사하고, 힘을 얻고, 더욱더 잘 지내보자.

　수현이가 글을 쓴다는 이유로 지난 엄마의 발자취를 돌아보는 계기가 되어, 아주 좋은 시간이 되었던 것 같다. 이에 또 한 번 수현이에게 고마워.

　엄마의 희망이자, 자랑이고, 사랑스럽고, 고마운 엄마 딸 수현이, 네가 있어 엄마는 참 좋다!

김성희 님께

안녕하세요, 내 엄마.

받는 사람 이름을 '김성희 님'이라고 써서 좀 의문이려나? 다들 '내가 제일 사랑하는 엄마'라든지, '세상에서 가장 예쁜 엄마'라든지, 그렇게 받는 사람 칸에 적는데, 난 엄마 이름 세 글자에 '님' 자 하나만 붙여봤어요. 그냥 다른 수식어 없어도 엄마는 다 알고 있잖아요. 내가 엄마를 제일 사랑하고, 엄마가 세상에서 가장 예쁘다는 거. 그래서 엄마 성함 세 글자만 적었어요.

엄마 생신이나 어버이날 같은 기념일마다 편지를 써서인가? 이젠 엄마한테 편지 쓰는 게 익숙한 것 같기도 해요. 그런데 내가 쓴 걸 보여주는 건 언제나 쑥스럽고 부끄럽고 그러네요. 책의 내용을 쓸 때도 보지 말라 그러고, 덮고 그랬는데. 책으로는 읽었겠죠? 크크.

평소에 학교 생활 얘기라든가 엄마랑 하는 얘기가 많아서 편지에 더 적을 게 있을까 싶었는데, 쓰고 있는 지금 나를 보니 우리가 하는 얘기로는 충분하지 않은가 봐요. 갑자기 하고 싶었던 말들이 쭈욱 생각나. 엄마는 나랑 수아랑 같이 얘기하는 게 행복하다고 했었는데 나도 그래요. 내 이야기를 엄마한테 해줄 때가 가장 신나고 행복한 시간이에요. 그래서 매일 '이건 엄마한테 말해드려야지' 하고 생각해요. 몰랐죠? 나 은근 '엄마바라기'인데.

갑자기 든 생각인데요, 수아도 나랑 함께 썼으면 엄마 참 재미있었겠다. 엄마 딸들을 통해 엄마 이야기를 보는 거니까. 아, 책 내용에 대해서 나에겐 아무 말도 하지 말아요. 피드백은 필요하고 좋은 거지만 나 많이 민망해요. 그냥 보고 잊어줘요. 진심이야. 엄마 자서전을 내가 쓰다니 아직도 안 믿기는 거 알아요? 내가 엄마의 인생 한 부분만 꼬치꼬치 캐물어서 쓰긴 했지만, 내가 모르는 엄마를 만날 수 있어 좋았어요.

앞으로는 나를 얘기하는 것뿐만 아니라, 엄마가 엄마를

이전보다 더 얘기해줘요. 난 엄마를 만난 지 십사 년밖에 안 돼서 엄마가 살아온 사십일 년을 다 모르잖아요. 그리고 내가 엄마 속에서 나왔지만 엄마 아직 나를 다 모르죠? 나도 날 모르는걸요. 그러니까 함께 우리를 얘기해요, 많이.

사랑합니다.

엄마의 시간

이하림

프롤로그

엄.마.

내 기억이 시작된 순간부터 지금까지 엄마는 내 옆에 항상 있는 존재였다. 내가 엄마를 기억하는 그 순간부터 지금까지 엄마는 항상 나의 '엄마'였다. 어린 시절 사진을 보면 아기인 나를 안고 있는 엄마의 모습이 있고, 나를 목마 태우고 있는 아빠의 옆에서 내 손을 잡고 나를 바라보고 있는 엄마가 있다. 나에게 밥을 해주는 엄마, 급식소 공사 때 도시락을 싸주는 엄마, 내가 열이 날 때 물수건으로 몸을 닦아주는 엄마, 내가 입원했을 때 나를 간호해주는 엄마, 내 공부를 봐주는 엄마, 나를 학원에 태워주는 엄마. 이렇게 엄마는 나에게 그냥 '나의 엄마'였다.

나를 낳기 전의 엄마는 어떤 모습으로 어떻게 살았는지, 내 엄마로서가 아닌 엄마 자신으로는 어떻게 살아가고 있는지 생각해본 적이 없었던 것 같다. 엄마는 그냥 나의 엄마였을 뿐 그 외의 다른 모습이 궁금한 적이 없었다. 그러나 이제 내 엄마로서가 아닌, 당신의 이름 석 자로서 살아온 시간을 들어보려고 한다.

개나리 피는 봄날, 엄마의 생일

1973년 3월 개나리가 피기 시작하던 어느 봄날, 대구 호산나 산부인과에서 울지 못하는 한 아기가 태어났다.

"아이가 역아라서 이대로는 산모와 아이가 다 위험합니다. 산모와 아기 중 하나를 선택하셔야 합니다."

"선생님, 둘 다 살려주세요. 꼭 둘 다를 살려주세요. 꼭이요, 꼭."

"아기가 숨을 제대로 쉬지 못해 이대로 두면 산 채로 분만할 수가 없고, 산모는 산모대로 너무 위험합니다. 결단을 내리셔야 합니다.

"그럼 선생님…… 산모를, 산모를 살려주세요."

얼마나 시간이 지났을까?

"○○○님, 16시 07분에 딸을 출산하셨습니다."

"산모는요?"

"산모도 무사하고, 아기는 2.8킬로그램입니다. 아기가 고생을 너무 해서 울지도 못하네요. 의사 선생님이 조치하셔서 지금은 괜찮습니다. 축하드려요."

아기 아빠의 간절한 바람이 기적이라는 이름으로 이루어졌고 한 여자 아기가 그렇게 울지도 못한 채 이 세상에 태어났다.

코스모스 같은 초등학교 시절

이렇게 허약하게 태어난 엄마는 잦은 병치레를 해서 외할머니와 외할아버지를 놀라게 하곤 하셨다 한다. 태어날 때 역아로 태어난 탓에 목에 사경(斜頸)이 생겨 생후 몇 개월이 지나지 않아 수술을 하셨다고 한다. 당시에는 갓난아기에게 마취를 하는 것이 위험하다 하여 마취를 하지 않고 수술을 해 엄마는 목소리가 다 쉬도록 울었고, 엄마가 우는 소리를 듣고 할머니도 같이 우셨다고 한다. 수술 후 엄마는 하얀 가운 같은 옷을 입은 사람만 봐도 울어댔다고 한다. 중국음식점 주방장, 이발소 아저씨가 하얀 유니폼을 입고 있는 모습을 보고도 엄마는 자지러지게 울어댔다. 할머니 말씀에 의하면 엄마가 너무 똑똑해서 그렇다고 하신다(믿거나 말거나). 이 외에도 엄마는 자주 아파서 새벽에 할아버지가 엄마를 업고 병원까지 달려가시기도 하고, 참 여러 번 할머니와 할아버지가 마음을 졸이시게 했다고 한다.

이렇게 약한 우리 엄마는 자라는 동안 동생인 이모보다도 늘 키가 작아서 사람들은 엄마가 이모의 동생인 줄 알았다고 한다. 중학교 3학년 때까지만 하더라도 거의 맨 앞 줄에 앉으셨는데, 고등학교 때부터 키가 크기 시작해 대학교에 가서까지도 키가 자랐다고 하신다. (그래도 아직도 우리 엄마는 이모보다 키가 작으시다.) 여하튼 엄마는 늦게 키가 크기 시작했기 때문에 다리가 길고 몸매가 좋다고 가끔 자랑을 하시는데 신빙성 있는 주장인지는 잘 모르겠다.

약하고 조그만 엄마를 조금이라도 더 건강하게 만들기 위해 할아버지와 할머니는 몸에 좋다는 것은 무조건 먹이셨다고 한다. 녹용은 봄, 가을로 일 년에 두 번씩 먹이셨고, 내가 들은 것 중에 가장 놀라운 약은…… 놀라지 마시라. 바로 '사슴 피'다. 엄마가 '사슴 피'라는 듣기만 해도 속이 거북해지는 약을 드신 건 1979년, 엄마가 초등학교 1학년 때였다. 엄마의 외할아버지(나의 외외증조할아버지가 되시나?)께서 사슴 농장을 하고 계셨고, 녹용을 위해 사슴 뿔을 자르는 날이 되면 그 뿔에서 나오는 피를 마시려고 여러 명의 아저씨들이 미리 예약을 했다고 한다. 할아버지와 할머니는 그렇게 좋은 것을 많이 먹였기 때문에 엄마가 지금까지 이 정도라도 건강하게 살아 있는 것이라고 하신다. (그래도 어쨌거나, 나는 사슴이 조금은 불쌍하다. 그래도 그 덕분에 엄마가 지금 내 옆에 계시니 사슴에게 고맙기도 하다.)

이렇게 지극 정성으로 할아버지와 할머니가 엄마를 기르셨지만, 사실 엄마는 지금도 체력이 약하고 자주 편찮으시다. 지난주에는 대상포진에 걸리셔서 고생을 하셨는데 엄청 아픈 병이라고 한다. 병원에서는 무조건 쉬고 잘 먹어야 하는 병이라고 하는데 엄마는 출근을 하셨다. 그것이 책임감이라고 하셨다.

좌절과 극기의 학창 시절

행복하게 어린 시절을 보낸 엄마의 인생에 첫 위기가 찾아왔다. 경북의 초등학교 선생님이신 외할머니 때문에 엄마는 중학교 2학년 때까지 시골에서 자랐다고 한다. 엄마가 중학교 3학년이 되자 외할아버지와 외할머니는 엄마를 대구로 전학시키기로 결정하셨고 온 가족이 대구로 이사 오기까지의 몇 달간, 엄마는 대구에 계신 엄마의 외삼촌댁에서 학교를 다니게 되었다.

엄마는 그 당시 막 신설된 수성구의 어느 여자중학교로 전학을 하셨다고 한다. 엄마가 외숙모의 손을 잡고 그 학교에 처음 간 날은 공교롭게도 모의고사를 치는 날이었다고 한다. 전입 담당 선생님께 시골 학교에서 받은 서류 봉투를 전해드리자 선생님은 "아주 우수한 학생이 전학을 왔네. 따라 오너라" 하시며 엄마를 반으로 이끄셨는데, 학교가 워낙 커서 복도가 미로 같다는 느낌을 받으셨다고 한다. 교실에 도착한 선생님께서는 교실 문을 여시고, "2반아, 1등짜리가 전학왔대이. 느그들 긴장해야겠다. 전학생아, 니는 66번이다. 저기 맨 끝에 가서 앉아라" 하셨고, 반 학생들은 힐끔 엄마를 쳐다보고는 별 관심 없다는 듯 자기들이 하던 일을 그냥 계속 했다고 한다.

전학 온 첫날, 그렇게 예상하지도 못한 시험을 치며 엄마는 그 대로 벌떡 일어나 시골 학교로 가고 싶은 마음뿐이었다고 한다. 점심시간에도 엄마에게 말을 걸어주는 학생은 한 명도 없었고 엄마가 먼저 다가가기에는 대구, 그것도 수성구 여학생들이 너무 까칠해 보였다고 한다. 전학 첫 날 치렀던 시험에서 엄마는 부끄러운 결과를 얻었다고 하신다. 한 반 66명 중에 28등.

엄마에게는 대구 학생들이 다른 세상 사람들 같았다고 한다. 일단 이름부터가 시골 친구들과는 달랐다. 시골 친구들은 윤정이, 소영이 같은 예쁜 이름을 가진 친구들도 있었지만 대체로는 영순이, 갑숙이, 순복이, 길남이 같은 이름을 가졌다. 그런데 대구 학생들은 기은이, 은진이, 민정이, 심지어 파랑이라는 세련되고 사랑스런 이름을 가진 학생도 있었다고 한다. (물론 엄마는 자신의 이름이 어느 누구의 이름보다도 예쁘고 좋은 이름이라고 자부하신다.)

그리고 시골에서는 문장 끝을 "~여"로 끝냈는데, 대구 사람들은 "~다"로 끝내서 똑똑하지만 매정하게 들렸다고 한다. 시골 친구들은 "숙제 다 해가여?" 하고 물으면 "어, 다 해가여" 하고 대답하는데, 대구 학생들은 "숙제 다 해가나?" 하면 "그래, 다 해간다" 하고 딱딱하게 대답을 해서 대화를 이어나가기가 어려웠다고 하신다.

학교에서 우유를 받아 먹는 것도 놀라운 일이었다. 그 귀한 우유를 학교에서 매일 받아먹다니……. 게다가 초코우유와 딸기우유까지 학교에서 먹을 수 있더라는 것이다. 초코우유를 세 개나

받아 먹는 학생도 있었다고 한다. '초코우유를 먹으면 얼굴이 까매진다고 들었는데 역시 대구 애구나. 하루에 세 개나 먹으면서 얼굴이 어떻게 저렇게 하얗지?' 하고 생각하셨다고 한다.

점심 시간의 풍경도 놀라웠다고 한다. 그때는 도시락을 싸서 다니던 시절이었는데, 시골에서는 김치와 멸치 같은 마른 반찬이 주를 이루고 가끔 분홍 소시지를 구워 오면 서로 먹으려고 난리였다고 한다. 그런데 대구에서는 맛살에 계란을 입혀 구워 온 반찬도 거의 매일 등장하고 거기에 방울토마토 같은 과일도 조그만 통에 예쁘게 담아 오더라는 것이다.

이런 문화 충격과 28등이라는 성적에 엄마의 자존감은 완전히 떨어졌고, 아침마다 학교 앞 공중전화에서 시골집으로 전화를 걸어 돌아가고 싶다며 울었다고 한다.

엄마에게 그것은 첫 시련이었고, 가장 힘들었던 것은 열등감에 빠져 어느 순간부터는 스스로를 가치 없는 존재라고 생각하게 된 것이라고 하신다.

그렇게 몇 달을 보내고 외할아버지 가족은 모두 대구로 이사를 오게 되었고, 엄마는 이사 온 집에서 가까운 달서구의 한 여고에 배정을 받게 되셨다고 한다. 고등학생이 되어 가장 좋았던 점은 가족들이 다 같이 한 집에 살게 된 것이고, 그 다음으로는 배정받은 학교에 아는 학생이 한 명도 없다는 것이었다고 한다. 엄마는 그 누구도 엄마를 아는 사람이 없다는 사실에 너무나 큰 위안을 받았다고 한다. '28등이라는 내 성적을 아는 사람은 아무도 없다. 이제부터 새롭게 시작하면 된다'는 생각으로 열심히 공부를 했다고 한다. 3월 첫 모의고사에서 55명의 학생 중 엄마의 성적은 8등. 성적표를 받던 날 엄마는 뛸 듯이 기뻤다고 하신다. 자신감을 회복한 엄마는 학교 생활이 시골에서처럼 다시금 즐거워졌고 대구 아이들도 시골 아이들과 별로 다르지 않다는 것을 느끼며 많은 친구들을 사귈 수 있었다고 한다. 엄마는 고등학교 내내 열심히 공부했고, 마침내 학과 수석으로 대학에 입학했다.

억척 영어 선생님, 엄마의 사랑

엄마는 영어교육과를 졸업한 뒤 고등학교 영어 선생님이 되셨다. 어릴 때부터 동생들에게 노래 가르쳐주는 걸 좋아하고 동네 아이들을 모아 놓고 공부 가르치는 걸 좋아하신 엄마는 교사라는 직업이 적성에 딱 맞다고 하신다. 올해가 교직에 들어선 지

20년이 되는 해라고 하신다. 지금까지의 인생에 있어서 가장 긴 시간을 교사로 보내고 계신데, 돌아보면 시간이 정말 빠르게 지났다는 말씀을 자주 하신다. 처음 가르친 제자들은 지금 30대 후반이 되어 초등학교 학부모가 되어 있기도 하고, 제자들 중 한 명은 지금 엄마와 같은 학교에 교사로 근무하고 있다고 한다.

교사를 하시며 엄마는 나와 내 동생을 낳으셨고 우리를 기르며 많이 힘드셨다고 한다. 엄마는 내가 돌이 되기 전에 대학원을 다니기 시작하셨다. 낮에는 학교에서 일을 하고 밤에는 공부를 하며 나를 돌봐야 했기 때문에, 어떤 때는 나를 포대기로 업은 채로 걸어다니며 공부를 하셨다고 한다. 또, 동생은 태어나자마자 신생아 장염으로 중환자실에 입원해서 엄마는 산후 조리도 제대로 하지 못하고 매일 중환자실로 달려갔다고 한다. 동생이 살지 못할 수도 있다고 의사 선생님이 말씀하셔서 그때 정말 많이 우셨다고 한다. 다행히 동생은 지금 우리 가족의 귀염둥이로 아주 잘 자라고 있다. 성실하게 공부를 하지 않아서 야단을 맞기도 하지만, 엄마는 예전 얘기를 할 때면 건강하게 잘 자라주는 것만으로도 얼마나 감사하냐는 말씀을 하시곤 한다.

지금도 엄마는 고3 담임이셔서 많이 바쁘시다. 아침에도 일찍 출근하시고 밤에도 늦으시는 때가 많다. 몸도 약하신데 학교에서 수업하시고 집에서는 나와 동생의 공부를 봐주시고. 이런 것을 생각하면 엄마의 잔소리를 조금 더 참아드려야겠다는 생각이 든다.

엄마는 매일이 비슷한 날들이고 돌아보면 시간이 언제 이렇게 지났나 싶어 놀란다고 하신다. 똑같은 날들 속에서 엄마가 보람을 느낄 수 있는 것은 엄마가 사람을 기르고 있다는 것이라고 한다. 집에서는 나와 동생이 착하고 건강하게 잘 자라고 있는 것이 보람이고, 학교에서는 엄마가 가르친 많은 학생들이 멋지게 자기 일을 하며 사는 것이 보람이라고 하신다.

나와 동생이 중학교에 들어가고 나서는 엄마가 교사로서 반성이 더 많이 된다고 하신다. 처음 선생님이 되어서는 학생들의 잘못된 점을 고쳐주는 것을 교육이라고 생각했는데, 요즘은 나와 동생에게 선생님들이 이렇게 해주시면 좋겠다 싶은 대로 엄마도 학생들에게 해주려고 노력하신다고 한다. 그래서 학생들을 많이 칭찬하고 용기를 주려고 애쓰신다고 한다. (가끔 아이스크림도 사 주신다고 한다.)

엄마의 꿈은 나와 내 동생, 그리고 엄마가 가르치는 제자들을

사회에 꼭 필요한 사람, 자기 몫을 잘 해내는 사람이 되도록 기르
는 것이라고 한다. 그러기 위해서 엄마는 나와 동생이 어른이 될
때까지, 그리고 퇴직을 하실 때까지 계속 공부하고 성장하는 엄
마와 선생님이 되고 싶다고 하신다.

에필로그

학교, 집, 학교, 그리고 다시 집.

내가 보는 엄마의 생활은 이랬다. 그런데 엄마의 인생에 관한 애기를 난생 처음 들으며 엄마에게 이렇게나 많은 이야기가 있다는 것이 신기했다.

이 많은 이야기를 가진 우리 엄마가 지금은 학교와 집만을 왔다 갔다 하며 단조롭게 사신다는 것이 조금 마음 아프기도 하다. 엄마가 나와 동생에게 들이는 시간과 노력을 엄마 스스로에게 들인다면 우리 엄마는 더 훌륭한 일도 하실 수 있을 텐데 하는 생각도 든다.

하지만 엄마의 보람과 꿈이 바로 우리들이라고 하시니 나와 동생이 잘 자라서 엄마에게 보람과 기쁨을 드려야겠다는 생각이 든다. 어떻게 해야 잘 자라는 것일까? 나도 나중에 내 아이에게 나의 이야기를 들려줄 때 내 아이가 신기해 할 많은 이야기를 만들어간다면, 그래서 내 아이가 나를 자랑 스럽게 생각할 수 있다면 그것이 우리 엄마에게도 보람이 될 것 같다는 생 각을 한다.

나의 첫사랑, 우리 하림이에게

하림아.

엄마와 아빠는 하림이가 태어나기 훨씬 전부터 너를 만나기 위한 준비를 하고 설렘과 두근거림으로 너를 기다렸단다. 좋은 것만 먹고 좋은 생각만 하며 건강하고 예쁜 아가가 엄마 아빠에게 오기를 기도했단다. 맨 처음 초음파 사진을 통해 너를 만났을 때, 겨우 몇 주밖에 되지 않은 네가 팔 다리를 쉼 없이 활발하게 움직이고 있는 모습이 얼마나 기특하고 신기했는지……. 다시 생각해도 입가에 웃음이 떠오른다.

스물한 시간의 진통 끝에 너를 낳았을 때, 네 우렁찬 울음 소리를 들었을 때, 엄마는 너무 감사했고 세상에서 가장 행복한 사람이었단다. 엄마는 이전에도 지금도 우리 하림이만큼 예쁜 아기를 본 적이 없단다.

네가 태어난 그때를 생각하면, 너를 뱃속에 품고 너와의 만남을 고대하던 그때를 생각하면, 착하고 건강하게 잘 자라주는 너에게 감사하고 한편으로는 미안하구나. 건강하게 잘 자라주는 것이 얼마나 큰 축복인지 잘 알면서도 요즘은 엄마가 우리 하림이에게 자꾸 욕심을 내게 되니 말이다. 네가 착하고 잘하는 것은 당연하게 여기고, 조금 부족한 부분만 자꾸 지적하고 야단치고 그러고 있구나.

우리 하림이는 어렸을 때부터 참 착했던 것 같다. 동생을 잘 돌보고 준비물이나 숙제도 스스로 잘 챙기고. 네가 초등학교 1학년 때 엄마가 "가루비누가 다 떨어졌네"라고 한 말을 기억하고는 다음날 가게를 지나갈 때 "엄마, 가루비누 샀어요?"라고 할 정도였으니까 말이야. 이 편지를 쓰며 네가 어렸을 때를 떠올려보니 넌 참 기르기가 수월한 아이였다는 생각이 들어서 새삼 감사한 마음이 드는구나.

엄마가 조금 걱정이 되는 건 하림이가 공부 때문에 바빠서 우리가 함께 만들 추억이 줄어드는 건 아닌가 하는 것이란다. 엄마가 하림이를 품고 있을 시간은 짧게는 일 년, 길어도 십 년 전후가 될 것 같구나. 이 시간 동안 하림이가 평생을 간직할 많은 추억들을 함께 쌓아야 할 텐데…….

하림아, 얼굴을 맞대고 이야기를 할 땐 엄마가 잔소리쟁이가 된 것 같았는데 이렇게 편지로 네게 이야기하니 조금 더 깊은 얘기를 할 수가 있어 좋구나. 그리고 나중에 하림이가 결혼을 하고 나서도 엄마의 이 편지를 읽으며 젊은 시절의 엄마를 추억할 수 있을 테니, 이 기회가 엄마에게도, 하림이에게도 참 좋은 선물이 된 것 같다.

엄마의 첫사랑, 하림아. 너는 엄마의 첫 아기이고 그래서 엄마와 아빠 그리고 할아버지 할머니의 첫사랑이라는 것을 늘 기억하렴.

언제 어디서 무엇을 하든, 엄마는 하림이가 그 일을 즐기면서 하면 좋겠다. 그리고 새로운 아침을 맞을 때마다 어제보다 나은 내일을 위해 노력하는 오늘을 살겠다는 다짐을 하면 좋겠구나. 엄마는 세상 끝날까지 나의 아들 하림이를 믿고 응원한다.

언제나 너의 편인 엄마가.

사랑하는 엄마께!

엄마.

학년 초에 담임 선생님께서 나눠준 자기소개서를 쓰던 날
이었죠. 엄마와 아빠의 좋은 점과 불만인 점을 적는 부분이
있었어요. 별 생각 없던 저에게 엄마가 물으셨죠. "하림아,
엄마의 좋은 점이 뭐야? 불만인 점은?" 그때 저는 별 뜻 없이
"좋은 점은 없고 불만인 점은 잘 모르겠어요" 하고 얘기했었
죠. 저보다 더 생각 없는 동생이 옆에서 "좋은 점은 잘 모르
겠고 나쁜 점은 가끔 빡친다는 거요" 하고 거들었죠. 엄마는
처음에는 어이없어 하셨고 이어 화를 내시고 그 다음은 우셨
죠. 저와 동생은 당황했어요. '엄마는 엄마인데, 엄마의 좋
은 점과 불만인 점을 꼭 생각하고 있어야 하나?' 제 마음은
이런 것이었답니다.

하지만 자서전 때문에 엄마의 이야기를 들으며 그날의 일
이 엄마에게 많이 미안했어요. 엄마는 저를 참 많이 사랑하

고 계시고 엄마의 생활과 시간을 저에게 맞추고 계신데, 저는 그냥 '엄마들은 원래 다 저렇다'고 생각하고 있었던 것 같아요. 엄마의 이야기를 듣고 보니 엄마는 다른 엄마들보다 더 저와 동생을 위해 희생하고 애쓰며 살아오신 것 같아요. 저는 엄마가 자랑스럽고 감사해요.

엄마, 지금 다시 말해도 될까요? 엄마의 좋은 점은요,

1. 나를 위해 희생하신다.

2. 똑똑하셔서 나의 공부와 숙제를 잘 도와주실 수 있다.

3. 예쁘시다.

그리고 엄마의 나쁜 점은요,

음…… 없어요.

전 엄마는 늘 무엇이든 잘하기만 하는 사람인 줄 알았어요. 그런데 엄마도 대구에 처음 왔을 때 열등감에 빠져 있던 때가 있었다니, 엄마가 좀 다르게 보였답니다. 엄마도 공부를 못할 때의 기분을 느껴보셨으니까 제 성적이 만족할 만큼 나오지 않더라도 조금만 믿고 기다려주시면 좋겠어요. 나쁜

점은 없고, 바라는 점은 이거랍니다.

엄마는 제가 공부를 열심히 하여 교수가 되거나 이모처럼 변호사가 되면 좋겠다고 하시지만, 요즘 저는 입국심사요원이 되고 싶답니다. 공항에서 근엄한 표정으로 여권에 도장을 쾅! 찍는 모습이 정말 정말 멋져 보여서요. 영문학과 교수가 되든, 입국심사요원이 되든, 어쨌든 영어 공부는 더욱 열심히 해야 할 것 같아요.

엄마. 어느 고등학교, 어느 대학교를 가든, 무슨 직업을 가지든 꼭 엄마의 보람이 되는 아들이 될게요. 그러니까 아프지 말고 건강하게 오래 사세요.

마지막으로 엄마, 제가 부끄러워서 절대 하지 않는 말을 오늘은 할게요.

사랑해요, 엄마.

장남 하림 올림

끝없는 도전

신주영

프롤로그

아빠와 내가 함께 살아온 세월은 고작 15년. 내가 인생을 살아온 날뿐이다. 그러나 아빠는 이제 오십을 바라보실 때가 되었다. 그린 아빠의 인생을 내가 부족하고 투박한 솜씨로 써보게 되었다.

언젠가 내 나이가 지금 아빠의 나이가 될 때, 다시 아빠의 자서전을 써본다면 어떤 주제로, 어떤 아빠의 모습을, 어떻게 풀어나가게 될지 무척이나 궁금하다.

처음 아빠에게 내가 아빠의 자서전을 써야 한다는 이야기를 전한 후에 어떤 이야기를 써야 할지 고민을 많이 했다. (결국 자서전이 아니라 아빠에 대한 글이 되었다.) 그러나 아빠와의 수많은 대화 속에 아빠의 인생 하이라이트 부분은 아빠가 엄마를 만나고 난 후로부터 지금까지였다는 사실을 알았다. 물론 나는 아빠의 이야기 속에서 앞으로도 아빠의 하이라이트가 계속될 거라는 걸 알 수 있었다.

공부와 글

내가 어렸을 때부터 아빠는 글을 계속 쓰는 데다가 항상 공부할 것을 손에 들고 틈틈이 공부를 하고 있는 모습이었다. 나의 뇌리에 박혀 있던 이런 아빠의 모습 덕분에 나도 여섯 살의 나이에 '글'을 써보기도 했다. 그때는 글이란 게 뭔지도 몰랐지만 그 글이라는 걸 쓰게 된 것은 아빠가 컴퓨터 앞에 앉아서 키보드를 두드리는 모습에 감명을 받았기 때문이었다.

그때에 교회에서 나오는 정기 간행물이 있었는데, 아빠의 글이 실린 적이 있었다. 내가 어렸을 때였지만, 그걸 읽으면서 나는 펑펑 울었다. 아빠가 나에 대해서 쓴 글이었는데, 그때 아빠가 너무 고마웠다.

아빠는 글을 쓰고 난 뒤 인쇄를 해 책으로 만들었다. 가끔 그 책이 눈에 띄면 그걸 읽으면서 웃기도 했다.

시계

아빠가 대학원을 다니신다는 것을 알게 된 것은 내가 매일 보는 벽시계 덕분이다. 지금의 집으로 이사하고 나서 얼마 뒤에 아빠는 회색 상자를 하나 들고 오셨다. 그때는 그런 선물이나 꾸러미에 대한 환상이 대단할 때였다. 상자 속에는 나를 위한 아기자기하고 핑크빛이 도는 선물이 준비되어 있었을 거라는 막연한 기대감이 있었다. (아마도 이때 공주 시리즈를 너무 많이 읽지 않았나 싶다.)

그래서 아빠가 들고 온 회색 상자를 뺏듯이 안아들고 조심스럽게 상자를 개봉했다. 그런데 나를 반기는 것은 아기자기하고 핑크빛이 도는 선물이 아니라 고급스럽게 생긴 시계였다. 나는 실망한 표정을 감추지 못했다.

아빠는 그 시계를 대학원 석사 과정을 따서 받은 거라고 하셨다. 나는 그게 막연히 좋은 걸로만 알았다. 학교에서 치자면 회장 정도쯤 되는 직책으로 받아들였다. 어찌 됐든 나는 약간 의기소침한 채로 아빠에게 축하 인사를 건넸다.

그런데 얼마 후 엄마와 이야기를 하던 중에 아빠가 박사 학위를 준비하신다는 것을 들었다. 그 말을 듣고 나자 내가 아빠에게 큰 무례를 범한 듯한 기분이 들었다. 박사는 흰 가운을 입고, 머리에 학사모를 쓰고 근엄하게 앉아서 무언가를 연구하는 사람(?)인데 겨우 회장쯤 되는 직책으로 생각했다니……. 아, 내가 지금 생각해도 뭔가 아닌 듯하다.

아빠가 받아온 시계는 침대가 있는 벽에 걸렸다. 이제 우리 가족은 매일 그 시계를 본다. 내가 초등학교를 졸업하고 중학교를 다니는 내내 그 시계는 가족들에게 시간을 알려주었다.

자신만의 규칙

아빠는 우리가 아무리 매달려도 포기하지 않는 자신만의 선이 있다. 그 중 하나가 텔레비전이랑 영화는 절대로 보지 않는다는 것이다.

그래서 우리집에는 텔레비전이 없다. 내가 초등학교 3학년 때 없앴는데, 그때는 아무것도 모르던 나이였으니 텔레비전이 있든 없든 상관도 없었다. 하지만 그 부작용으로 나는 친구들이 열광하는 남자 연예인도 좋아하지 않고, 친구들과의 이야기에 끼지 못할 때가 많다.

그러나 연휴에 친가로, 외가로 내려가면 텔레비전은 내 차지다. 나는 리모컨을 독점한 후 그 앞에 앉아 사촌들의 칭얼거림을 무시하고 내 선택한 방송을 사촌들과 함께 보곤 한다. 그런데 문제는 연휴의 마지막 날 발생한다.

연휴의 마지막 날이 오면 학교 갈 준비도 해야 하는 터라 보통은 점심 먹기 전에 대구로 출발한다. 나는 짐을 챙겨서 현관 앞에 두고 나서 할아버지 혹은 할머니와 인사할 때까지 텔레비전을 끄지 않는다. 그냥 켜두곤 하는데, 아빠는 꼭 텔레비전을 출발할 준비도 하기 전에 끄라고 하신다. 여기서 의견 대립이 생긴다.

하지만 아빠의 이 기준으로 인해 내가 얻게 된 것은 많다. 텔레비전을 볼 시간에 우리 가족은 책을 읽게 되었고, 영화관보다는 도서관을 더 애용하게 되었다,

그러나 아빠 자신만의 규칙은 이것 하나만이 아니다. 아빠는 술과 담배도 하시지 않는다. 솔직히 자랑스럽다. 어렸을 때 친구들과의 대화에서 아무렇지 않게 아빠들의 술 버릇이라든가 담배 이야기가 나왔다. 지금은 조금은 더 성숙해서인지 몰라도 그런 이야기는 조금 조심스러운 부분이 있다.

끝이라는 단어가 아빠에게 없는 이유

아빠의 손에는 항상 공부할 것이 들려 있다. 아빠는 별도로 시간을 내어 공부를 하지는 않지만 운전할 때나 그냥 혼자 있을 때 무엇인가 보고 듣곤 한다. 그렇게 공부하시는 것을 보고 나는 딱히 어떤 느낌을 받지는 않지만 주위 사람들은 이상하게 생각하곤 했다. 아빠는 자격증을 몇 개 따기도 했지만 직장 때문에 따신 건 아니다. 아빠는 재미로 따는 것이라고 한다.

이렇듯 아빠가 꾸준히 공부하는 것은 늘 도전하고 싶은 목표가 있기 때문이지 않나 생각한다. 그랬기에 좌절하거나 지칠 때도 다시 일어서서 걸을 수 있었을 것이다.

아빠를 꾸준히 공부하게 하는 원동력에 대해 아빠와 이야기해본 적은 없는 것 같다. 아빠는 목표가 있어서 여기까지 달려온 것이 아니라, 새로운 목표를 만들기 위해 달리는 것이다. 아빠는 결과를 보고 달려가는 사람이라기보다는 과정을 즐기는 사람이다. 끝은 과정을 더 이상 못하게 만드는 단어이다. 과정을 더욱 즐기는 아빠에게 끝은 없다.

에필로그

나는 어렸을 때부터 부모님을 당황하게 만들곤 했다. 또래와는 다른 조금 튀는 행동 때문이었을 것이다. 나는 아빠를 닮아서 그런지 몰라도 호불호가 분명하다. 내가 세운 기준을 넘겼을 때 나는 감정 표현을 분명히 한다. 또, 내게 불리한 일이 있거나 내 기준을 넘긴 사람들을 절대 잊어버리지 않는다. 내 스스로 더 이상 그 사람들과의 관계를 발전시킬 수 없도록 방어한다.

이런 나의 성격 때문에 일차적 피해를 입은 사람은 물론 나였다. 부모님은 그런 나로 인해 마음앓이를 많이 하셨다. 자식이 아프면 부모는 마음이 무너져내린다는 말이 있다. 내가 스스로를 방어할 때 가만히 보듬어주시던 부모님의 마음도 무너지지 않았나 생각한다. 그런 부모님의 헌신적인 노력으로 지금의 내가 되었다. 아마 부모님의 노력이 없었더라면 나는 내가 만든 방어에 상처가 흉터가 되어 남아 있을 것이다.

평강공주 주영이에게

주영아.

주영이가 아빠에 대해 글을 써줘서 너무 고맙다. 팔은 안으로 굽는다더니, 아빠에 대해 좋은 글을 써주는 사람은 역시 내 딸밖에 없구나.

주영이가 보기에 아빠가 아주 멋진 사람이겠구나. 딸에게 멋진 아빠로 보인다는 건 너무 행복한 일이란다. 아빠도 주영이가 실망하지 않도록 멋지게 살려고 노력할게.

주영이가 아빠를 멋진 사람으로 보는 이유 중의 하나가 '끝없이 도전하는 아빠의 모습'이라고 했지. 아빠의 모습이 그렇게 보였다니 기분이 좋다.

사람은 누구나 하고 싶은 일이 많단다. 도전하지 않으면 발전이 없다는 말이 있어. 다만 자신이 없어 포기하는 경우가 많아 도전을 하지 않는 사람으로 보일 뿐이란다. 포기하게 되면 슬픈 일이지. 아빠는 그런 슬픈 일을 당하지 않으려고 계속 노력하는지도 몰라.

하지만 그보다도 도전 자체를 즐기기 때문이란다. 즐기지 않으면 조금만 힘들면 포기하게 된단다. 도전한다는 것은 재미있는 일이란다. 특히 남들이 안 한 것을 해냈을 때 기쁨이 크지. 사실 아빠뿐만 아니라 아빠 주위에 있는 많은 사람들에게서도 계속 도전하는 모습을 많이 찾아볼 수 있단다. 그들과 어울리면서 아빠도 힘을 얻곤 하지.

주영이도 하고 싶은 일이 많지? 도전하면 성공을 하게 된단다. 성공하기 위해서는 일을 즐기는 습관을 가지려무나. 그리고 남들이 아닌, 자신이 먼저 인정하는 성공이 중요한 것이란다. 꼭 출세를 해야만 성공하는 것이 아니라 보람 있다고 느끼며 살 수 있으면 성공이라고 생각해.

초등학교 때 각종 대회에 나가 상을 탈 때 주영이가 대회를 즐기는 모습을 보고 기뻤던 기억이 난다. 주영이가 도전하는 모습이 아빠가 어릴 때보다 더 대담한 것 같아 청출어람(靑出於藍)이란 말이 떠올랐단다.

아빠는 주영이를 대회에 참가시켜주려고 서울이며 부산 등지로 운전하며 데려다줄 때가 행복했단다. 오고 가며 시간이 남을 때 이곳저곳 들렀는데 일부러는 가볼 수 없는 곳이라서 아빠도 견문을 많이 높였다고 생각된다. 주영이가 상을 탈 때마다 우리 가족들은 맛있는 식사를 했는데 아직도 식사 쿠폰이 많이 남아 있지, 아마.

주영이의 도전 정신은 어른이 되더라도 변치 않았으면 해. 지금의 아빠보다는 훨씬 세련된 모습을 기대할게. 주영이는 어려서부터 준비를 많이 해서 가능할 것이라고 생각해.

주영아, 사랑한다.

아빠, 안녕?

가끔씩 아빠에게 편지를 쓰긴 했지만 그래도 이렇게 쓰는
것은 조금 새로운 느낌이 들어. 솔직히 아빠와 편지로만 나
눠야 하는 무거운 이야기나 하지 못했던 말, 마음속 깊이 담
아두었던 이야기는 없어.

어렸을 때부터 아빠는 나의 든든한 지원군이자 내가 의지
하고 믿을 수 있는 사람이었어. 언제나 내가 필요할 때 내게
손을 뻗어줄 수 있는 사람. 어렸을 때는 그 익숙함이 주는 크
기가 너무 컸어. 하지만 지금은 그 크기를 때때로 실감해. 물
론 내가 어떻게 하늘과 같이 높은 부모님의 은혜를 전부 알
수 있겠냐마는 너무 고마워.

중학교에 다니면서도 가끔 아빠에게 도와달라고 부탁을
하곤 했지만 어릴 때만큼은 못하는 것 같아. 그래도 아주 중
요할 때 아빠가 도움을 줄 것이라고 믿어.

아빠, 사랑해…….

선택 받은 아이

손희명

프롤로그

다른 친구들처럼 부모님의 자서전을 쓰려고 하니 어떻게 시작해야 할지 어렵고 힘들었나. 부모님과 대화하는 시간을 많이 가져보려고 했지만, 부모님께서도 장난스럽게 넘어가셨다. 그리고 솔직히 말하면, 이 기회에 소설을 꼭 써보고 싶었다. 이 소설은 내가 상상하여 쓴 것이다. 우리 부모님의 이야기는 들어 있지 않다. 나는 이 소설을 픽션으로 썼으니, 실제 부모님의 이야기라고 생각하지 않았으면 좋겠다.

타인의 시선, 그리고 나

사람들은 나에게 말합니다.

넌 정말 운이 좋은 아이라고.

맞습니다.

난 정말 운이 좋은 아이입니다.

아닙니다.

난 불쌍한 아이입니다.

태어나서 버림받고, 거두어지고 상처받고.

넌 부모님께 평생 효도해야 한다.

모든 사람이 말합니다.

하지만 난 그렇게 생각하지 않습니다.

그들은 날 비참하게 만들었습니다.

그들을 증오합니다.

판도라의 상자

세상에는 알면 안 되는 것들이 있다. 그것을 '판도라의 상자'라고 말한다. 나는 8년 전, 그 판도라의 상자가 열리는 것을 보았다.

"할머니!"

"어이구, 내 새끼 왔누!"

"안녕하세요!"

"그래, 왔나."

언제나 그랬다. 할머니는 동생 관우에게는 한없이 관대하지만, 형인 나에게는 그렇지 않다. 할머니가 그러실 때마다 엄마와 아빠는 마치 죄인인 듯 마냥 고개를 숙인다. 덩달아 나도 고개를 숙이게 되고 할머니의 눈치를 살핀다.

"내한테 죄지은 거 있나. 거서 고개 숙이고 뭐 하노? 들어온나."

보란 듯이 관우를 안고 들어가시는 할머니. 신나 있는 관우와 그런 관우를 보고 웃는 할머니를 보니 괜시리 화가 난다.

"엄마……. 나, 뭐 잘못한 거 있어요?"

"아니야……. 우리 관이가 왜……."

"왜 할머니는 나한테만 무섭게 대하세요?"

"아니야. 관우가 아직 어려서 저러시는 거야."

고개를 끄덕이지만 난 알고 있다. 엄마는 벌써 5년째 그 핑계를 대고 있다. 관우가 어려서 그렇다는 핑계를……. 그래도 난 할머니가 좋았다. 비록 관우만 예뻐해주셔도 좋았다. 어쨌거나 나의 할머니이니까.

그리고 사건은 밤에 일어났다. 할머니는 관우와 내 머리맡에 앉아 계셨다. 자고 있는 관우의 머리를 쓰다듬어주셨다. 일어나면 할머니가 싫어하실까 봐 가만히 있었다. 이불을 폭 뒤집어쓴 채로, 눈치채지 못하게.

"우리 관우……. 박씨 집안 장남 관우……. 어쩌다가 쟈가 들어와서 니 앞길을 망치노……."

나를 말하는 것이었다. 할머니는 내가 관이의 앞길을 망친다고 말씀하셨다.

"느 부모도 미련하제……. 봉사에서 끝내지, 와 불쌍하다고 쟈를 데려오노……."

나를 데려왔다? 무슨 소리일까? 우리반의 성준이도 부모님이 데려온 자식이라고 했다. 그럼, 나도 성준이와 같은 처지라는 것일까?

7년 뒤인 지금 생각하면, 맞는 말이었다. 난 데리고 온 자식이었다. 우리 부모님, 아니 아줌마 아저씨의 자식이 아니었다.

며칠 전, 그들에게 물어봤다. 7년 전 내가 들었던 것이 사실이냐고. 낳은 자식이 아닌, 데리고 온 자식이냐고.

눈동자가 흔들렸다. 입술을 꼭 깨물고 내 시선을 외면했다. 답이 나왔다. 그랬다. 나는 입양아였다.

같은 처지

성준이라는 아이가 있었다. 그 아이는 입양아였다. '부모가 버린 아이'라는 낙인이 초등학생 때부터 찍혀 지금까지 떼어내지 못했다. 아니, 영원히 떼어내지 못한다.

그 아이가 신기했다. 불쌍했다. 친구들이 어렸을 때는 몰랐지만 지금은 입양아라는 이유로 무시 아닌 무시를 받고는 한다. 싸우기라도 할 때면 "부모가 버린 ○○가 뭘 알겠어" 하며 성준이를 짓밟는다. 성준이는 그럴 때마다 주먹을 내리고 교실을 나간다. 그러면 아이들을 쑥덕거리기 시작한다.

"쟤는 양부모님을 생각해서라도 저러면 안 되는 거 아니야?"

"저런 걸 받아들인 양부모가 불쌍하지."

"괜히 친부모가 없는 게 아니야……."

성준이가 마냥 불쌍했다. 그리고 나에게는 친부모가 있어서 다행이라고 생각했다. 하지만 이젠 나도 성준이와 같은 처지가 되었다. 믿기 싫다. 믿고 싶지 않다. 성준이를 찾아갔다. 뒤뜰에 앉아 있는 성준이의 뒷모습이 눈물 난다.

"야, 성준아."

성준이에게 말을 거는 것은 참 오랜만이다.

"웬일이야?"

"그게, 어……. 음……, 저기…… 입양이라는 거 알게 되었을 때 어땠어?"

"좋았어."

"좋아? 그게? 어째서?"

"선택 받았잖아, 난 그 많은 고아들 중에서 선택 받은 거잖아."

뒤통수를 망치로 맞은 느낌이다. 자신이 선택 받은 아이란다. 그래서 좋단다.

"막 화가 나거나, 그러지는 않고?"

"응. 그닥."

성준이가 멀게 느껴진다. 성준이라면 이해해 줄 수 있을 것 같았다. 내 기분을, 내 느낌을.

벽

집으로 돌아왔다. 늘 보던 풍경이 왜 이리 어색할까. 보이지 않는 무언가가 존재하는 것 같다. 거실 소파에서 자고 있는 관우. 그 아이가 친동생이 아니라는 사실에 착잡해진다. 나를 굉장히 잘 따라준 동생이다. 가끔 티격태격하고 싸울 때도 있지만, 소중한 동생인데⋯⋯. 말없이 담요를 덮어주고 방으로 들어갔다.

저녁밥을 먹는데 자꾸 내 눈치를 본다. 불편하다. 채 다 먹지 못하고 일어난다. 부모님도 더 먹으라고 잡지 않는다. 갑자기 8년 전 할머니께서 했던 말씀이 생각난다. 자괴감이 든다.

방문을 닫자 부엌에서는 이야기하는 소리가 들린다. 웃는 소리도 간간히 들린다. 그래, 저 사람들은 내가 없어도 잘 살 사람들이다. 그렇다. 한 번도 이런 생각이 들지 않았는데, 난 그들의 사이를 방해하는 벽 같다는 생각이 든다. 그들의 사이를 방해하는 훼방꾼. 난 그들과 가까워질 수 없다는 생각도 든다.

이제야 돌이켜 생각하면 동생은 나보다 특권이 많았다. 추상적인 것도, 물질적인 것도 항상 나보다는 늘 동생이었다. 동생은 늘 사랑받고 자랐다, 어디서든. 나는 형이니까 그것들을 양보해야 한다고 생각했다. 동생은 어리니까 아직 사랑을 더 받는 것이 당연하다고 생각했다. 친척들 역시 나를 바라봐주지 않았다. 투명인간 취급을 했다. 무시를 했다. 많이 보지 않을 친척들이니 신경 쓰지 말라고는 말씀하셨지만, 지금 생각하면 그들의 태도가 납득되고, 이해되고, 동감이 된다. 그래서 슬프다. 화가 난다. 싫다. 짜증난다.

나는 그들의 눈치를 보면서 알아서 숨죽이고, 기었다. 그들은 날 벌레 보듯이 취급했다. 억울하다. 난 성준이처럼 선택 받았다. 하지만 그것은 오직 두 사람에게만 해당되는 것이었다. 아무도 나를 반겨주지 않았다. 한 사람도 나를 제대로 보듬어주지 않았다. 못했다. 어릴 때는 그냥 내가 무언가 잘못한 게 있는 줄로만 알았다. 하지만 아니었다. 결국 잘못은 '나'인 것이다. 그들의 세상에서 나는 초대받지 못한 손님이었다.

난 그들을 증오한다.

X의 경우

"쌤! 관이 안 왔어요!"

"관이 집안 사정 때문에 일주일 동안 학교 못 와."

이제 진짜 여름이 간 건지, 아침은 조금 쌀쌀하다. 일주일 전만 해도 덥다고 짜증을 냈는데, 일주일 전만 해도 웃으면서 가족들과 마주 할 수 있었는데…….

사람들은 사복을 입은 소년이 캐리어를 끌고 가는 모습을 보고는 수군거린다. 그래요. 나 가출했어요. 캐리어를 덜덜덜 끌고 걸어가는 내 모습이 참 불쌍하고 처량하다. 가지고 온 돈은 10만 원이 고작이다. 통장도, 저금통도 아무것도 없다. 그 10만 원도 돼지저금통의 배를 가르고 가지고 온 것이었다.

밤이 되자 가로등이 켜지고, 이곳저곳의 간판들에 불이 켜진다. 무작정 나오기는 했는데 목적지를 모르겠다. 찜질방, 피시방, 여관, 모두 미성년자 출입금지. 지하철역은 싫다. 친구 집으로 가기에는 너무 멀리 와버렸다.

"어디 묵을 곳 없나……."

요즘 가출 청소년이 급증하고 있다는 뉴스를 본 적이 있다. 그중 자신이 입양이라는 것에 큰 충격을 받고 가출한 학생들도 꽤 있다는 것을 들었다. 그 뉴스를 보고는 '그래도 키워주고 밥 먹여주고 했으면 감사하게 생각하고 효도해야지. 저것도 불효다, 불효' 하고 생각했었다. 하지만 막상 나에게 그 일이 닥치니 혼란스러웠다. 그 아이들의 선택이 이해가 되고 동감이 되었다.

주저앉아 울고 말았다. 자괴감이 들었다. 너무 억울했다.

'난 잘못한 게 없다구요……'

정신을 차려보니, 나는 직장인인 것 같은 남자와 밥을 먹고 있었다.

"그러니까, 내일 집에 돌아가. 알겠지?"

"싫어요."

"그럼 계속 내 집에 붙어 있게? 언제까지?"

"아저씨는 입양아의 기분을 알아요?"

"웬 입양아? 너 입양아야?"

"있잖아요, 나도 그랬어요. 입양 사실에 충격 먹고 집 나가서 헛짓 하는 것들, 전부 병신 같다고 생각했어요. 근데, 근데요…… 막상 내가 되어보니까…… 진짜…… 정말로…… 그 애들 마음이 너무 이해가 돼요……."

"그래도 그분들은 너를 십 년 넘게 길러주신 거잖아. 넌 선택 받은 아이야."

"너무 대수롭지 않게 말하는 거 아니에요? 자기 일 아니라고, 막 말하는 거 아니에요?"

"진정해, 진정. 그렇게 화내면 내가 너무 미안해지잖아."

"선택……. 그 선택 덕분에 나는 눈엣가시가 되었어요, 누구에게나. 날 선택한 건 오직 두 사람뿐이었어요. 동생처럼 모두가 선택한 게 아니라고요."

눈물이 흐른다. 가슴에서 끓어오르는 말을 모두 내뱉었다.

"에이 씨, 왜 눈물이 나……."

"너 같은 애가 있었어. 일 년 전인가? 내 오피스텔에 와서 너처럼 울면서 말하더라고. 자기는 입양이 된 잘못밖에 없는데, 왜 전부 자기를 경멸하냐고. 억울하다고. 그 사람들이 너무 싫다고, 증오한다고. 그래서 내가 그랬지. 그럼 여기서 살아보라고. 그러니까 되게 좋아하더라. 근데 걔가 얼마나 오래 있었을 것 같아?"

"몰라요……."

"일주일 만에 집으로 갔어."

자존심도 없나 보다. 일주일 만에 그게 눈 녹듯이 풀려서 집으로 돌아간 것을 보면.

"뭐, 너도 있어봐. 그러다가 가고 싶으면 가고. 씻고 자."

남자는 그렇게 그릇을 치웠다.

Y의 경우

달라진 것은 없다. 아니, 있다. 엄마도, 아빠도, 심지어 관우까지도. 모두가 새롭게 보인다.

"다녀올게요."

"저기……, 관이야……."

"네?"

"괜찮은 거야?"

씨익 웃으면서 말해준다.

"당연하죠, 엄마!"

후폭풍인가 보다. 처음 들었을 땐 그냥 아무렇지 않았는데, 시간이 흐르니 내가 '입양아'라는 게 믿겨지지 않는다. 힘들다. 고통스럽다. 하지만 나를 선택한 부모이고, 나를 십여 년 동안 키워준 부모였다. 그들에게 고마움을 표시하고 싶다.

뉴스나 신문을 보면 자신이 입양아라는 것을 받아들이지 못해서, 충격이 커서 가출을 하는 사람들이 많지 않은가. 하지만 난 그러고 싶지 않았다. 그들의 인생이 평탄했는지, 힘들었는지 모른다. 하지만 확실한 건, 내 삶은 평탄했다는 것이다. 비록 친부모는 아니지만, 좋은 부모님과 좋은 동생, 늘 함께하는 웃음, 친척들에게 무시를 당해도 꿋꿋이 나를 안아주고 뒤에서 지탱해준 사람들이다.

그래, 성준이의 말대로 나는 선택 받은 사람이다. 그래, 그 많고 많은 사람들 중에서, 그 많고 많은 사람들 중 누구보다 나를 이해해주고 사랑해줄 수 있는 부모를 만난, 선택 받은 사람이자 누구보다 운이 좋은 사람이다.

내가 그들에게 고마움을 표현하는 최선의 방법은 그들을 힘들게 하지 않는 것이다. 뉴스에 나오는 가출 입양아처럼 하지 않는 것, 그것이 내가 해줄 수 있는 가장 최선이다.

"엄마! 다녀왔어요!"

"그래, 왔니?"

잘 몰랐는데 많이 수척해지셨다. 걱정을 많이 하셨나 보다.

"너, 정말…… 괜찮은 거 맞지?"

"아이, 참 엄마도……. 괜찮다니까요. 나는 선택 받은 사람이

잖아요. 최고의 사람들에게 선택 받은 행운아잖아요."

그래. 이거다.

어쨌거나 나를 선택해준 나의 하나뿐인 부모이다.

*

X의 경우나 Y의 경우나 결국 내가 돌아올 위치는 '가족'이란 울타리였다. 나를 돌봐준 것은 가족이었고, 그들은 나를 진정으로 사랑했다. 한순간의 동정이라면 이미 나를 내치고 미워했겠지. 하지만 그들이 나에게 취하는 태도는 항상 진심이었다. X의 경우, Y의 경우, 어떤 것이든 나에게 있어 그들은 진심이고, 진실이다.

에필로그

소설을 쓰면서 내가 입양아가 된 것 같은 기분으로 썼다. 내 시선이 삐딱하고 부정적인 건 아닌데, 다 쓰고 보니 왜 이리 부정적인 단어들이 많이 들어갔나 싶다. 다시 쓰고 싶지만, 이제껏 글을 다시 쓰면 처음보다 잘 써진 적이 없었다. 그래서 원본 그대로 둔다. 조금 아쉽다.

중1 때도 책쓰기 동아리에 들어가서 글을 쓰고 책을 만들었다. 함께 만든 책이지만 내가 쓴 글이 책에 들어간다는 게 너무 신기했다. 그리고 두 번째로 이렇게 책이 나오니 굉장히 기분이 좋다. 내가 써보고 싶은 소설을 썼다는 것도 기쁘고 행복하다.

소설을 쓰면서 진정한 가족의 의미와 우리 부모님에 대해 생각해볼 수 있었다. 그리고 비록 내가 선택하지 않았고 선택할 수 없는 사람이 부모님이며 가족이지만, 부모님은 내가 어떠한 사람이라도 나를 선택할 거라는 사실을 깨닫게 되었다.

글을 쓴 친구들

정예진

저는 따뜻한 곳에서 책 읽는 것을 정말 좋아하는 중학생입니다. 팝송 듣는 것도 매우 좋아하고 공상하는 것도 정말 좋아합니다. 하고 싶은 것도 많고, 되고 싶은 것도 많은, 웃음이 많은 행복한 사람입니다.

글쓰기를 통해서 제가 하지 못한 경험들을 간접적으로 느끼는 매력에 푹 빠져버려서 소설 쓰는 것도 좋아하게 되었습니다. 아직 꿈이 확실히 정해져 있지는 않지만, 항상 발전하는 사람이 되기 위해 노력하고 있습니다.

오수미

저는 책을 좋아하지 않아 많이 읽지 않는 학생입니다. 하지만 요즘은 문학 작품을 많이 읽으려고 노력합니다. 고전소설, 현대시조 등을 읽다 보면 저처럼 책에 흥미가 없는 친구들도 흥미를 조금 가질 수 있을 것입니다.

저는 아빠의 인생 이야기를 들으면서 글을 써보는 기회를 가질 수 있었습니다. 그래서 '책'이라는 아이와 더 친해질 수 있었습니다. 여러분도 처음에는 만화책부터 시작해서 중요한 고전 문학도 읽어보세요. 책 쓰기도 어렵지 않아요.

오수연

지금의 저는 책을 즐겨 읽는 편이지만, 예전의 저는 책을 전혀 읽지 않았습니다. 남자들처럼 축구나 야구를 즐겨 봤고 항상 스포츠 경기를 더 재미있어했습니다. 그러나 이제는 책이 더 친숙해졌습니다. 성장하는 우리 나이에는 독서가 중요하고 책을 많이 읽어야 한다고 합니다. 그래서 이제는 하루도 빠지지 않고 책 읽기를 열심히 해야겠다고 생각합니다. 곧 중학교를 졸업하고 고등학생이 되겠지만 중학교 시절의 아이들과 선생님이 무척 보고 싶어질 것 같습니다. 항상 저를 챙겨주시던 담임 선생님과 동아리 선생님, 여러 선생님들도 보고 싶을 것 같아요. 제 글을 읽어주서서 감사합니다.

김윤주

대구시 북구 복현동에서 태어난 이후로 16년 동안 쭈욱 이곳에 살고 있으며, 지금은 대구북중 3학년에 재학 중인 평범하기 그지 없는 김윤주라고 합니다.

일주일에 다섯 번 학교 가고, 다섯 번 학원 가고, 가끔 친구랑 수다 떨고, 카톡으로 대화하고, 최신곡도 따라 부르고, 주말이면 텔레비전이랑 한몸이 되는 일상의 반복 속에서도 미래의 멋진 모습을 꿈꾸는 소녀이기도 합니다.

저는 예전부터 글 쓰는 것에 관심이 많았습니다. 글을 쓰고 싶다는 생각에 설레는 맘으로 시작하지만, 어느 순간 글이 산으로 가 있는 황당함을 경험하곤 합니다. 완성한 작품은 없지만 포기하지도 않습니다. 언젠가는 한 편의 멋진 글이 탄생하기를 고대하며, 제 자신을 응원해봅니다. 힘내! 넌 할 수 있어!

윤현영

저는 어렸을 때 책을 자주 읽었습니다. 시간이 날 때마다 읽곤 했죠. 하지만 학년이 올라갈수록 책을 읽는 비중이 적어져서 걱정입니다. 하지만 이렇게, 읽기보다는 새롭게 글을 쓰는 것도 좋은 방법이라고 생각합니다. 취미는 그림 그리는 것과 노래 듣는 것입니다. 이번 부모님 자서전 쓰기를 통해 부모님의 추억을 듣고 쓸 수 있는 것이 참 즐거웠고 흥미로웠습니다. 글을 정식으로 쓴 것은 처음이지만, 아무쪼록 잘 봐주셨으면 합니다. 감사합니다.

정예린

대구북중학교에 재학 중인 정예린입니다. 이제 곧 3학년이 될 거라서 고등학교 진학에 대해서도 깊이 생각해야 할 것 같아요. 교내 글쓰기 대회에서 수상을 한 적이 있는데, 매번 느끼는 거지만 글을 쓰는 일은 쉬운 게 아닌 것 같아요. 특히 이번에 부모님 자서전을 쓰면서 더욱 실감했죠. 직접 겪지도, 보지도 않은, 그저 듣기만 한 이야기를 쓴다는 것이 쉽지는 않았어요. 들은 내용을 잊어버리기도 했고, 시간이 촉박하기도 했고요. 시간을 되돌릴 수만 있다면 더 잘 쓸 수 있었는데 하는 후회가 되네요. 부모님 자서전 쓰기를 통해서 많은 것을 배울 수 있었고, 앞으로도 기회가 된다면 또 도전해보고 싶어요.

한혜진

저는 책 읽는 속도가 느려서 책 읽는 것을 싫어하고, 정말 잠을 자기 위해서 책을 읽는 그런 학생이었습니다. 상상력도 풍부하지 않아서 도대체 어떤 글을 써야 할지도 몰랐고, 책을 접해본 경험이 많이 없었기 때문에 글을 어떻게 써야 하는지도 몰랐습니다.

그러나 책쓰기 동아리에 들어온 후 점점 책과 가까워지면서 책을 많이 읽게 되었습니다. 글을 쓰는 것이 재미있어지고, 글 쓰는 것에 대한 자신감도 늘게 되었습니다. 제가 쓴 글을 읽어준 사람들을 보면 뿌듯해지기도 하고, 재미있는 소새가 떠오르면 '다음에 소설로 한번 써봐야지' 하는 생각도 합니다. 이제 책이 아니라 드라마나 영화를 볼 때도 진짜 전달하고자 하는 메시지가 무엇인지도 파악할 수 있게 되었습니다. 앞으로 책도 더 많이 읽고, 글 쓰는 실력도 더 많이 늘었으면 좋겠습니다.

정원우

저는 바이올린 연주를 하는 것과 명곡을 듣는 것을 좋아합니다. 새로운 사람을 만나는 것도 좋아합니다. 재미있게 말하는 것을 잘 해서 친구들이 저를 좋아하기도 합니다. 집에서는 텔레비전으로 영화 소개 방송이나 영화 보는 것을 좋아합니다. 또, 책 읽는 것을 정말 좋아합니다. 시 쓰기도 좋아합니다. 글 쓰는 것도 좋아하지만, 조용하게 앉아 차분하게 쓸 시간이 부족해서 많이 쓰지 못하고 있어요. 제 머릿속에 떠오른 생각들을 언젠가는 글로 다 써서 모든 사람들에게 보여주고 싶습니다.

천수현

대구에 사는 15세 여중생. 귀차니즘에 중독된 사람. 이것 말고는 소개하고 싶은 것도 소개해야 할 것도 없네요. 좋아하는 것과 싫어하는 것, 둘 다 없어요. 꼭 무언가를 그렇게 정해야만 하나 싶어서요. 장래 희망도 아직 없어요. 학교에 써낼 때도 랜덤으로 쓰죠. 저는 그냥 나이가 많아져 죽음을 바라볼 즈음 나를 되돌아봤을 때 남들에게 부끄러울 것이 없는, 나를 자랑스러워할 누군가가 있는 사람이고 싶어요.

이하림

저는 조용한 듯 보이시만 전교부회장도 해본, 나름 리더십 있는 이하림입니다. 바둑을 좋아하고 축구나 농구 같은 운동도 매우 좋아한답니다. 책 읽기는 그다지 좋아하지 않는 편이지만, 그래도 다른 사람이 감정을 넣어서 읽어주는 것을 듣는 것은 그럭저럭 좋아하는 편입니다. (작년에 제 국어 성적이 좋지 않아서 엄마가 교과서를 재미있게 읽어주시곤 하셨답니다.) 이번 기회를 통해 글쓰기와 책에 조금 더 가까워진 것 같습니다.

신주영

대구북중학교에 재학중인 신주영입니다.

급하게 글을 마무리해서 부족하고 흐름이 많이 끊겼지만 최대한 노력해서 썼습니다. 부모님과는 매일 함께하지만, 이렇게 자서전으로 만나는 부모님은 새로웠습니다. 이제 글이 완성되었으니 학생의 본업에 충실하겠습니다.

손희명

작가가 꿈이라 1학년 때도 책쓰기 동아리에 들었는데, 이렇게 책이 나오다니 감회가 새롭네요. 많은 학생이 함께 빚은 노력의 결실이라 생각합니다. 고등학생이 되어서도 책쓰기 동아리에 들어야겠어요. 음, 1학년 때도 두근거리는 마음으로 책이 나오길 바랬는데, 이번에도 책이 나와서 행복해요. 더 잘 쓸걸 후회도 되고요.

책쓰기 동아리……. 좋은 추억으로 남을 것 같습니다. 행복했습니다.